·全民微阅读系列·

给良心打个补丁

刘怀远 著

江西高校出版社

图书在版编目（CIP）数据

给良心打个补丁 / 刘怀远著. — 南昌：江西高校出版社，2017.11（2021.1重印）
（全民微阅读系列）
ISBN 978-7-5493-5048-3

Ⅰ.①给… Ⅱ.①刘… Ⅲ.①小小说—小说集—中国—当代 Ⅳ.①I247.82

中国版本图书馆 CIP 数据核字（2017）第 017588 号

出 版 发 行	江西高校出版社
社　　　　址	江西省南昌市洪都北大道 96 号
总编室电话	（0791）88504319
销 售 电 话	（0791）88592590
网　　　　址	www.juacp.com
印　　　　刷	永清县晔盛亚胶印有限公司
经　　　　销	全国新华书店
开　　　　本	700mm×1000mm 1/16
印　　　　张	14
字　　　　数	160 千字
版　　　　次	2017 年 11 月第 1 版 2021 年 1 月第 2 次印刷
书　　　　号	ISBN 978-7-5493-5048-3
定　　　　价	45.00 元

赣版权登字 -07-2017-58

版权所有　侵权必究

图书若有印装问题，请随时向本社印制部（0791-88513257）退换

目录

第一辑　麦粒金黄 / 1

半场电影 / 1
麦粒金黄 / 5
捍卫 / 8
你认识汉斯吗 / 11
修路 / 14
老马的电扇 / 17
浪漫周末 / 20
给良心打个补丁 / 23
美酒飘香 / 25
爱情三十六计 / 28
如玉的核桃 / 31
温暖冬夜 / 34
功夫 / 37
古宅 / 40
写给时光的信 / 43
搭车 / 46
鏖战 / 49
工钱 / 52
七星龟 / 55
在唐诗中割麦 / 58

第二辑　灯火通明的小巷 / 61

我爱北京天安门 / 61
灯火通明的小巷 / 64

爱我你就抱抱我 / 67

山歌好比春江水 / 70

牵你左手走一生 / 74

我要蔚蓝的天空 / 76

别推那扇门 / 80

红乳汁 / 83

娘舅 / 86

请你留下来 / 89

七彩石 / 92

爱情财富 / 95

房屋出租 / 98

竹故事 / 101

丁麻子 / 103

天才金嗓子 / 106

帮助 / 107

事件直击 / 111

三个电话 / 115

跟着杂志去打工 / 117

第三辑　带上奶奶去拉萨 / 120

谁的爹重要 / 120

等候一餐荣幸的饭 / 122

路遇 / 125

带上奶奶去拉萨 / 129

门前有棵树 / 131

影响力 / 134

出逃 / 136

家乡有特产 / 139

喝农药新编 / 142

拯救 / 145

新衣 / 147

觉悟 / 150

好大一棵梧桐树 / 152

送不走的客人 / 156

化蝶 / 158

别逼我骗你 / 161

酷似表哥的人 / 164

大清龙票 / 167

何首乌 / 170

早冬 / 172

第四辑　长生不老丹 / 176

皇上驾到 / 176

长生不老丹 / 180

窦二东 / 183

画痴 / 186

小薇 / 189

乐痴 / 192

鸿儒 / 195

关二爷 / 198

红唇 / 201

油饼 / 205

棋痴 / 208

药三娘 / 211

墨魁 / 214

第一辑　麦粒金黄

爱是阳光，德泽普照；爱是雨露，滋润万物。收入本辑的20篇作品所展现的，无论是在麦田，还是在麦场，无论是修未完的路，还是放未了的电影，无不都是满满的正能量，无不都是拳拳爱心。爱在每个人身边，爱在每个人的心底……

半场电影

电影放完了，人们静悄悄地散去，没有了记忆中散场后的沸腾和不舍。"人虽然少点，但总体是圆满的。"二黑和表哥说完，躺倒在床，工夫不大就响起了甜美的鼾声。

三十多年前，二黑给石榴红村只放了半场电影。

二黑是区电影放映员，隔三岔五骑着自行车驮上胶片放映机和拷贝各村跑。这天，二黑接到去石榴红村放映的通知。通知刚接到，就下起了瓢泼大雨，直到下班前雨才停下来。领导问他还能去不？二黑有个犟脾气，听领导这样问，一边看看院里的积水，一边点头

给良心打个补丁

说没问题。

虽然嘴上答应着，二黑心里也在盘算，二十几里路呢。二黑饭都没吃就上了路，天黑前，终于到了石榴红，二黑成了泥猴子。那时从区里到石榴红的路还是砂石路，大雨过后，路上不是水，就是泥，泥巴糊满车辐辘，自行车不但不能骑，遇到大沟大坎，还要上肩膀，好在二黑年轻，有的是力气。

二黑顾不上喘口气，在村民们的帮助下挂起幕布，接好电源，安装好放映机。忙完这一切，天也黑透了。胶片机嗒嗒地转起来，二黑才用衣袖擦了把脸，四下望望，石榴红本村500多人，看电影的怕是超了1000人。听说要演新电影《小花》，周边村子的人早都赶了来。

一个人弓着腰凑到跟前，贴他耳朵上小声说，晚上甭回去了，住下来。二黑一看，是表哥小向。精疲力竭的二黑朝表哥露一下牙，好。表哥脸上也露出笑容。有个放映员的表弟，表哥在村里就能像大队书记一样挺着胸走路，因为他总能在第一时间把哪天会来放映，会放什么电影的消息提前传达给乡亲们。

《小花》一曲"妹妹找哥泪花流"还没唱完，电影戛然停止，一片漆黑。停电了。乡村里停电是家常便饭，说停就停。

等等吧，先别散。大队书记凑过来，笑着递给二黑根烟。二黑那时还不抽烟的。

半个小时过去了，电没来，人没散，但开始骂街，骂管电的龟孙偏在这个节骨眼儿停电。一个小时过去了，依然没有来电。外村的人们开始散去，一边走一边回头，希望瞬间奇迹出现，满目灯火。二黑看看手表，快11点了，本村的乡亲们都还在坚守。黑暗里，一片噼噼啪啪的拍蚊子声。有孩子喊妈，说又咬出了包，好痒。妈说，再等等，来了电就不痒了。二黑过意不去了，说，都散了吧，今天我不走，明天一早咱都到大队部，遮黑窗户一批一批地看。

第二天快到中午了，电也没来。二黑不得不和乡亲们道别，这是他最后一次放映了，几天前他接到了高考录取通知，他要去忙上大学的事情了。

半场电影让二黑一直耿耿于怀，乡亲们黑夜里渴望的眼神让他不得安宁。退了休的二黑，一定要偿还这笔心底的债。二黑首先在电话里跟石榴红的表哥说了这件事。表哥说，别来了，现在村里业余文化可丰富了，不再像以前那么稀罕电影。二黑郑重地说，欠债要还，夜里总梦见你们围着我和放映机嚷嚷，睡不好。表哥良久才说，你要来就来吧，只要能去你的病。

二黑找到区电影队，说明情况，要自掏腰包请电影队去石榴红放映。领导说，算我们支农吧。二黑说，那就连放两部，我一定付钱！

来到石榴红，早已认不出眼前的景色。这还是石榴红吗？新修的街道整齐平坦，改建的民居徽韵古香，健身广场上矗立着一座飞檐斗拱的大戏台。来迎接他的表哥满头白发，成了老向。老向指着戏台说，咱这儿是小康文明村，隔三岔五有明星来演出，本市的，全国的，连俄罗斯的美女也来演过舞蹈呢。二黑可顾不上听这些，说，快召集乡亲们来，我准备放映了！

老向到村委会，让村干部在喇叭里广播了。可是没有几个人坐到二黑的银幕前。二黑对表哥说，你一定要多请乡亲来，我带了两部片子来，利滚利地来偿还。老向挠挠头，说喇叭的声音可能让广场舞的音乐遮住了，我再去各家催催。二黑说，我跟你一起去。

走到村头第一家，老向拍拍门，朝里喊，去看电影吧，三十年前的放映员又来放电影了！

给良心打个补丁

里面说，不去了，有线电视多少频道啊，想看什么没有？二黑说，电影和电视视觉效果上不一样的。里面说，不去了，如果来的是市歌舞团的演出，才去！

又敲第二家的门，里面问谁呀？老向说，去看电影吧，我表弟来义务放映。里面出来个小伙子，羞赧地对老向笑，我还要去村活动室打台球呢，约好了的。

转到第三家，怎么敲门也没动静，倒是把邻居惊动了。邻居出来说，他一家三口下午就开车走了，说去市里琴台大剧院看话剧。

老向叹口气，要不你回去吧，现在真不比以前了，人们业余生活丰富还多彩。

二黑说，半场电影，是压在我心头三十多年的心病啊，每每想起来，就对不住乡亲。要不再等等，搞不好一会儿人就都来了。

回到放映机前，除了几个和表哥年纪相当的老人，再就是几个疯跑的孩子。几个老人都是记得二黑的，对他这些年去哪了比今晚放什么影片更感兴趣。

二黑急起来：八点半了，这么几个人，是放还是不放？

老向见二黑又看手表，手一挥：你等着，我再去转转。

这回终于有了效果，从跳广场舞的那边跟随老向来了五六十个妇女。二黑很激动，等她们围拢来，二黑拿起麦克风作简短发言，再次说自己是来还债的，曾经欠下石榴红半场电影。

电影播放中，不时有人悄悄离去。老向凑过来说，人们明天都要早起，都要勤劳致富嘛，你还是只放一部吧。二黑想了想，看看渐稀的人群，就点了头。老向说，放完了，你还是住在家里，让放映员自己开车回吧。二黑说，好。

电影放完了，人们静悄悄地散去，没有了记忆中散场后的沸腾和不舍。

"人虽然少点,但总体是圆满的。"二黑和表哥说完,躺倒在床,工夫不大就响起了甜美的鼾声。

老向走回自己的卧室,老伴问,你够神通广大的,怎么就说动了那么多人去看电影呢?老向叹口气,哪有人肯来?今天在那里跳广场舞的大多是在附近餐馆和生态种植大棚里打工的外地人,我骗她们说放电影的是上面派来的,有任务要完成,我许诺她们谁去看,每人给50元的辛苦费。

那二黑会给?

嘘!别让表弟听见,他是好心,我理解他。咱现在富裕了,花几个钱,帮他了却一桩几十年的心愿,不也是做件好事?

麦粒金黄

城里有那么多农村人在打工,种田的父母如果都把最好的粮食卖出去,他们每个人都会吃到没有农药的粮食!

一大早,保成老汉就去打扫麦场。边扫,边有过路的人问:干啥?

保成大声回过去:晒麦!

保成细细地扫,又有人路过,问:干啥?

保成大声地回过去:晒麦!

保成心里说,又不是头发长见识短的娘们儿,问什么问。

他拿了扫帚出门时,老伴就嘟囔,说,你看如今谁家还这么仔细地晒麦?你以为还是用镰刀割麦子的年代啊?保成不答话,知道说不过老伴。是的，现在的打麦场都荒芜了，碌碡也不转动了。以前割麦怕麦粒爆在地里，都是麦粒还没十分熟就割了，现在收麦呢，要等麦粒硬邦邦的瓷实了，请来收割机，收割机开进地里，从这头走到那头，满地的麦子就成了麦秸和麦粒，麦粒灌进编织袋，直接卖给面粉厂。

村里还有谁晒麦子么？有谁还摊在场里这么仔细地晒麦子么？

保成。保成就这么晒他的麦子。

打麦场扫净了，保成回家吃了早饭，开了农用车，先拉北洼机井地收来的麦粒，一车，二车，三车才拉完。最后拉沟西坡地上的麦粒，一车就都拉来了。保成坐在麦袋上，喘口气，掏出儿子送的防风打火机，点燃一根纸烟抽起来。

太阳高了，保成摸摸场地，地面没有潮气了，好像还有了些许阳光的温暖。保成先把北洼机井地产的麦粒一袋一袋地倒出来，然后用木耙推平摊薄，远远望去，他像一位厨师，在摊制一张大大的煎饼，但煎饼不是金黄色，而是土黄色，既有土地的黝黑又有阳光的鲜亮金黄，保成露在衣服外面的手臂就是这个颜色，只是岁月蚀去了肌肤的亮色。

北洼的麦晒完了，保成又晒沟西的麦。保成依旧先把麦子一袋一袋地倒出来，然后用木耙推平摊薄，远远望去，他像一位厨师，在一张大煎饼旁边又摊制了一张小煎饼。

摊完了，保成抬手，用衣袖擦额上的汗，掏出火机，点燃一根纸烟，烟雾在炎热的空气里，显得令人窒息，而保成却津津有味地连吸了几口。

一辆电动车经过，停下来，保成认出，是面粉厂的二根。二根跳下车来，从"大煎饼"上抓起一把麦子，噢噢，麦粒真饱满，一

第一辑　麦粒金黄

看就是水肥跟得紧。保成得意地嘿嘿笑,摸索出一根纸烟递过去。二根又走到那张"小煎饼"旁,说,这个差点儿,秕瘦些。保成点点头,说,今年怪呢,饱成的只上了肥浇了水,连农药都没打。秕瘦的费得心血还大,蚜虫治了几遍。二根说,晒完了卖我吧,你不用分开晒,我都给一个好价!保成一指秕瘦的,傍晚时你拉去,价格好说。二根说,那个呢?保成挠挠头皮,好半天才说,我卖给外地来收麦的。为啥呢?他给的价格不会比我给的高。不为啥,我自己的麦子自己还做不了主?

二根脸长了些,不再说话,坐上电动车,吱地一下开走了。

越来越热了,保成隔一会儿用木耙耧一耧麦粒,麦粒就上下左右地滚动,上面的到了下面,下面的又翻到了上面。保成额上亮闪闪的,但他对今天的太阳非常满意,麦晒好了啊。

午后,眯了一觉的保成又来耧动麦粒,听着声音,他知道,麦粒已经干透了,足能硌疼牙齿。他看看日头还高,就打定主意,再晒一会儿吧。

老伴跟了来,拿了簸箕,说,你个老小子,这一晒,怕要晒去百十斤的重量呢,算算,多少钱没了?

保成嘿嘿一笑,就你话多,快帮我干活,干累了,你就不像画眉鸟似的叫了。

这时,一辆农用车开来了,是籴麦的。那人微笑着说,大叔,这麦子卖吧?

老伴说,你帮着收起来,就卖。那人边抓了看边说,这个忙我会帮的。

保成却拦住,问,你的麦子卖哪里去?是哪个面粉厂?

那人说,我收了是卖大面粉厂。

保成又问，他的面粉卖哪里呢？

那人说，都卖大城市了，咱这附近不供应的。

哦，保成点点头，说，灌袋吧，卖给你。

"大煎饼"都装进了袋子。那人指着"小煎饼"，这个我也要。

保成摇摇头。那人说，我给一样的价。保成还是摇摇头。那人疑惑了，保成说，我要卖给俺村的面粉厂，我们自己也要吃面的啊。

那人笑起来，说，您把麦子换成钱，难道拿钱还买不到面粉？

保成说，卖给你的麦子饱成、不霉、还没农药，剩下的都打过农药，留下来自己吃。你问为啥？告诉你，我儿子、媳妇和孙子都在城里，我想让他们吃到放心的粮食。有毒的食品吃多了，怕他们身体顶不住。

那人更是笑起来，笑弯了腰：心意是好，未必您儿子能吃到一口啊。

城里有那么多农村人在打工，总该有人会吃到吧？种田的父母如果都把最好的粮食卖出去，他们每个人都会吃到！

那人凝重地望着保成，又望望镀满阳光的麦子，眼前一片金黄。

捍　卫

父亲一改平日的和善，面目狰狞成一只老虎：麦子可以送，但土地不能送，这是我们的根本，一分一毫都不让别人占！

父亲有一个上得去台面的学名，却没谁跟他叫，村人只喊他老蔫儿。

第一辑 麦粒金黄

父亲种了一辈子地，识字，却不怎么看书。

春天，我发现麦地里有偷嘴的羊，一只母羊带着两只小羔。等大羊发现我扑到它跟前，它却没有快速跑掉，反倒呆立在那儿，劈劈啪啪地哆嗦出一串羊粪蛋子。我弯腰抓住拴在羊脖子的绳拽它走，它却向后别着劲不肯走。我把绳子背在肩上，像纤夫，费了九牛二虎之力才把它们带回家中。母羊紧张地睁圆眼睛，不安地躁动，倒是两只小羊羔依然蹦跳，还快乐地咩唱。中午，父亲回来了，我忙迎上去表功：有羊跑到咱地里吃麦苗，让我给捉来了。父亲"哦"了声，细细地看了看羊，又摇摇头。我说，不管是谁家的，都要让他赔偿咱麦苗，春天的一棵麦苗，就是芒种的一捧麦粒。父亲笑笑，进屋洗了手，摸摸我齐到他胸部的头，边坐在饭桌旁，边对我说，打开院门，让羊自己回家。为什么？因为它会自己认家，不需要你送。谁说送了，我是说咱要找到这是谁家的，让他家……父亲摆摆手，顺手拿起一块玉米饼子放进嘴里，让它们走，春天难得见个青棵儿绿草，羊馋呢。我还要说什么，父亲坚定地用手指向院门，去，去打开！

一晃夏天来了，芒种三天见麦茬。等我们拿了镰刀去割北洼地的麦时，却发现靠近大嘴马叔地边的两耧麦子成了齐刷刷的麦茬儿。我顿时愤怒起来，说，肯定是马叔家割去了。父亲看看自家的两耧麦茬，又看看马叔家地里一片金黄的麦茬，说，是他家割错了，肯定是马虎子这个小混球，你马叔老庄稼把式，才不会这么没心没肺地做事。说完，父亲竟嘿嘿地笑起来。他哪里是没心没肺，我看他是存心占咱便宜。父亲说，没心没肺也好，想占便宜也罢，他都收回家了，就给他吧。不行，咱从冬到春，从春到夏，又是种子又是化肥，又是浇水又是打药，凭什么就让他收获了去？父亲说，如果他是无意的，咱何必生气，如果他是故意的，也是让贫穷闹的，你

给良心打个补丁

马婶身子骨一直不好，用钱的地方多呢。不说了，割麦！

父亲就是这么窝囊。母亲说，你爹跟你爷一个样。我爷怎么了？你爷年轻时打短儿，有次给同村人耪地，三伏天锄玉米地里的草。不想晚上下起了大雨，第二天一早你爷走在街上，隔着院墙听到那家人叹气，说耪地的钱白花了，雨一下草又活了，地也不喧了。你爷听罢，转身回家，让你爹把人家给的工钱送了回去。为啥退给他？我问。是啊，耪地多累多热，汗珠子砸脚面。你爷就这样，你爹心肠随你爷，好替别人想。

秋天去耕地，我摆好铁犁，套好毛驴，父亲还在地头照量，自言自语地说，马虎子是要弄事啊。我也去照量，马叔家的地已耕了，起码多犁过三犁来。父亲迈着步子在地头反复丈量了，最后定了位，坚定地说，给他犁回去！

马虎子找来，说父亲多占了他家的地，父亲勃然大怒，拍着桌子说，你个小混球，把你爹叫来，看是谁占了谁的！膀大腰圆的马虎子年轻气盛，竟蛮横地跟父亲动起手来。父亲吃了亏，鼻青脸肿的。马叔提两瓶酒来看父亲，说咱老哥俩，什么事情好商量。父亲说，怎么商量，你强占我地，没有商量。马叔说，什么多个一耧半耧的，打粮食也不靠这点儿，地里多催点肥都有了，咱老哥俩不能让这点事把感情伤了，如果不是我那儿子是个混球，你多种我几耧也无所谓。这件事先搁置，留待以后再说吧。父亲呵呵一笑，把马叔送到门口说，这件事必须搞清楚，不留后患。晚上，母亲见父亲呼呼的不能平息，就劝，种地本钱大得赔钱，他愿意多种就让给他，咱这么多地，也不在乎这一点儿，只当是你每年送他两耧眼的麦子扶贫了。不！麦子可以送，但土地不能送，这是我们的根本，一分一毫都不让别人占！父亲一改平日的和善，面目狰狞成一只老虎。

第一辑　麦粒金黄

这件事纠缠了半年多，从村里一直折腾到镇政府，最后以父亲胜利告终。"秉钧吃了么？"自那以后，和父亲同龄的人见面打招呼，都是这样叫他的学名，再没谁喊他老蔫儿。

多年以后，我在广播中听到某国元首的一段讲话，译成中文大意是他们国家地大物博，但没有一寸土地是多余的，在领土问题上没有谈判的余地，只有战争，战争！我听得耳熟，想了半天，呀，和我父亲当年说过的话非常雷同，只不过更深刻和更强硬了些。我品味着，但绝不怀疑他是剽窃的，毕竟他从没来过我们村子，而我父亲的话语也不会传播多远。之所以相近，是因为他们肩上都有一份相近的责任，一个是于家庭，一个是于国家。

你认识汉斯吗

你认识汉斯吗？德国人，是医生！我欠着人家药费呢，明知道我给不了，还赊，好人呐。

如果你第一次跟张奶奶拉家常，见面说不了三句话，肯定会问：你认识汉斯吗？医生，德国人。

张奶奶闺名芝秀，慈惠墩人，十多岁上父母双亡，孤零零的她被汉口的姑妈领了去。姑妈家住在裕华纱厂旁，迫于生计，芝秀小小的年纪也进了纱厂做女工。织工从早到晚，两只眼睛总是瞪圆了盯住织机，稍微发现一点毛病，眼到手到，飞快地摆弄梭子，不让织机上出一点瑕疵。时间不长，芝秀的眼睛红肿起来，肿痛，视物模糊，到后来一只眼眼睛里还流出白色汁液来。姑妈先是请来游走的郎中，郎中

给良心打个补丁

卖给几包草药。不想敷用后,眼睛钻心地疼,还看不见东西了。姑妈又慌着领着她去看保善堂的先生。先生看了,也是摇头,说,可惜了这么漂亮的丫头,还是趁早做手术吧。芝秀问,做手术能好?

好是好不了,是提早割除了坏眼,不影响眼窝装假眼,闺女家家的,怎么说也是爱美。不过丑话说在前面,诊费先付,至于落个什么后果,与本堂概不相干。

芝秀呜呜地大哭,姑妈劝她,别哭了,再哭对眼睛更不好了。芝秀说,反正是要瞎了的,还能再坏到哪里。姑妈叹口气,这么年轻的孩子,怎么能没有眼睛呢?没有了眼睛,这一辈子可怎么过,我可怎么跟你死去的爸妈交代啊。

芝秀说,没了眼睛,我也不活了。

姑妈说,死马当活马医吧,我去请个洋大夫来看看。

就请来了汉斯,在汉口开诊所的德国人。汉斯来了,仔细地查看了病情,也是摇摇头,说我可能也没有办法。芝秀又伤心起来。汉斯的手指又在芝秀眼前晃了晃,芝秀眨了两下眼睛。汉斯又点点头,应该还是可以好的。

姑妈说,能治就好,快用药吧。

汉斯说,我给清洗干净后,还需要打一针盘尼西林的。你们,打得起吗?

芝秀不知道什么是盘尼西林,姑妈可是听说过的。那个时候的盘尼西林堪比黄金,一是稀少,二是金贵。

你有这个救命的药吗?姑妈问。

汉斯点点头。

姑妈就僵在那里。半天没有说话。

芝秀问,多少钱啊?

第一辑 麦粒金黄

汉斯没有回答,反问道,你在哪里做工啊?

芝秀说,纱厂里当女工。

汉斯微微一笑,那要你不吃不喝,半年的薪水。

芝秀惊讶地张大了嘴巴。

姑妈对芝秀说,秀,别怪姑妈不给你打针,我实在是……

芝秀说,姑妈,我谁都不怪,只怪自己命苦,自小没了爹,又没了妈,若不是姑妈收留,说不定我早死了,我怎么还敢怪姑妈?眼睛瞎了是命,只是今后成了瞎子,又要拖累姑妈了。

姑妈也忍不住地哭起来。汉斯在一旁看看芝秀,又看看姑妈,看看姑妈,又看看芝秀,算是明白了怎么回事。汉斯摸摸大鼻子,挠挠头,说,上帝呀,这真是可怜的孩子。要不这样,我先给小姑娘治疗打针,等你们什么时候有钱了,什么时候再给,好不好?

姑妈望望芝秀,芝秀望望姑妈,却看不清。什么时候能有钱呢?两个人都没有说话。汉斯已经开始用注射器配药了。

盘尼西林注射到芝秀的身体里,又给了芝秀一瓶清洗眼睛的药水。没过几天,芝秀的眼睛竟神奇地好了。

芝秀找到汉斯的诊所,看清了汉斯的模样。芝秀说,谢谢你救了我。

汉斯仔细检查了芝秀的眼睛,高兴地拍拍她头说,痊愈了,你的眼睛完全好了。

芝秀声音小得几乎听不到:可我……现在还是没钱给你。

汉斯摸下大鼻子:我说过,你什么时候有钱了,什么时候来还。

你放心,有了钱我一定来还你!说着,芝秀走出了门。

你站住!汉斯一喊,芝秀心里一紧,收住脚步。

你要记住,今后不论再做什么事,一定要爱护眼睛哟!汉斯双眉往上一耸，眼睛透出微笑：好的，你去吧！

芝秀正想着是回裕华纱厂，还是干点别的，日本鬼子的炮弹飞来了。芝秀拉上姑妈跑回了慈惠墩。

日本人被赶走后，长成大姑娘的芝秀和姑妈又回到汉口，汉口已找不到德国人开的诊所，也找不到一个叫汉斯的德国医生。

"外国人漂洋过海地来开诊所，那么贵的药，一分钱都没给人家。"年迈的张奶奶还在逢人便说，逢人便打听："你认识汉斯吗？一个德国人，什么？他是不是德国法西斯？呸，什么逻辑，德国人就是法西斯，日本人就都是小鬼子？再瞎说，我就跟你拼老命了，他是好人，是他给了我大半生的光明！"

"你认识汉斯吗？德国人，是医生！"随着来汉口的外国人越来越多，特意学会了几句英语的张奶奶有机会就拉住人家："你认识汉斯吗？我欠着人家药费呢，明知道我给不了，还赊，好人呐。如果他本人不在世上了，我答谢他的家人也算了却一桩心事啊。"

汉斯，仿佛从没来过汉口一样，没有一丝消息。

张奶奶立了遗嘱，做出她这个年龄老人的惊人之举：身后捐献眼角膜，偿报善良的世界！

修　路

村人敦厚，心怀感激，却没谁能对大头说几句感恩的话，更甭想在路边给大头竖块捐资筑路的功德碑了。大头就像欠缺点什么，思来想去，对手下负责的说，少修一里吧。

第一辑　麦粒金黄

　　大头当老板搞工程，一年四季待在城里，却有故乡情结，想给村里做点好事，就把从镇上到村子的土路铺成沥青路。

　　开工的那几天，村里沸腾了，过节似的。村人敦厚，心怀感激，却没谁能对大头说几句感恩的话，更甭想在路边给大头竖块捐资筑路的功德碑了。大头就像欠缺点什么，思来想去，对手下负责的说，少修一里吧。

　　少修了一里的沥青路铺成了，出行方便很多，等走到坑坑洼洼的一里土路时，把人们颠簸得很了，就说，还是公路好，大头人真好。这话传到大头耳朵里，大头很高兴，看来少修一里路是对的。

　　大头修路的事被市电视台知道了，拉着大头回村要拍个专题片。快进村了，车子停下来，前面的一里土路被碾轧得沟壑起伏。面对镜头，大头只好说，我村没修公路前，汽车在雨天是开不进来的。剩下的这一小段路没修，都怪我资金不足就匆匆开工。敏感的记者抓住这句话做文章，大力宣传大头倾囊修路的高尚。大头成了远近闻名的慈善企业家，手上的工程更多了。

　　大头忙工程着急上火，小病了一次，住进医院。第二天早起，病房里涌进来一群人，都是村里的乡亲，人们嘘寒问暖。大头好奇怎么得知的，乡亲们说是村里跟着大头干活儿的人打回了电话。大头心里很热乎，原来大家在不声不响地关心着自己啊。人们把带来的东西摆满了一地。二婶满是歉意地指着篮子里的土鸡蛋说，路上磕破了几个。三哥也说，我种的西瓜脆生，稍一震就炸了口儿，你要赶紧吃。大头知道，这都是被那一里土路给颠的。大头脸红了红，说等我病好了，一定尽快把那一里路修起来。三哥说，不急不急，你弄着一大摊子工程，用钱的地方多。

　　一年后，大头工地上发生了一起事故，造成严重工伤，伤者除

15

给良心打个补丁

了一个外地的，其余几个都是本村的。经过医疗，受伤的工人脱离了生命危险，但都留下终身残疾。那个外地工人拿着巨额的赔偿回家了，剩下来该解决本村几个人的赔付了。

大头把几个伤者和家属叫在一起，商量赔付问题。

大头说，大家跟着我风里雨里多年，现在伤成这样，我很难过。大伙说说，让我怎么补偿？

没有人说话。

大头说，外地工人给了20万，咱都一村的，多给5万！

还是没有人吭声。

大头有点沉不住气，说，那就每人再增加5万，再嫌少也没办法了，都知道，我这几年也没挣多少钱。

坐在轮椅上的王蛋儿说，我一分钱不要。

俺也是，一分钱不要。

以为几个人故意正话反说，大头就说，大伙儿为了咱的工程受了伤，我心里真的很难过，咱乡里乡亲的，这些钱先拿着，日后生活困难了可以随时找我。

你把大伙儿看成什么人了？不是嫌多嫌少，俺们商量了，真的不要你一分钱。你心里装着村里人，村里人也要对得起你！王蛋儿虎着一双眼睛说。

大头明白了，大伙儿是报答他给村里修路的事儿。大头眼圈子红了，说，谢谢大伙儿，钱还是都拿着，我再困难也不能困难你们，另外，我马上派人去修那一里路！

王蛋儿媳妇说，不用了，昨天下午有施工队去修路了。

大头说，那修路的钱还是我拿吧，不让村里乡亲集资。

王蛋儿媳妇说，这回你不用操心了，是政府的"公路村村通"

到了咱村。

大伙儿想想,看我还能给村里干点什么呀?乡里乡亲的,再给我个机会吧!大头说完,已是泪眼婆娑。

老马的电扇

老马,老马,是他真的姓马,还是本不姓马,是同行们看他老骥伏枥而对他的爱称呢?

那年,他在厂里当业务员。他出差去一座城市,从铁路托运处取出货物,朝路边扎堆的三轮车招手:去长途汽车站!

就听那边说,老马,还是你吧!

一个老者便低头朝左右讨好地笑笑,把三轮车推了过来。

他只看了老者一眼,心里便失望到极点,他太老了,叫他爷爷怕都叫年轻了。他真想说,你不去吧,我换个年轻的。他喉头滚动了几下,终于没说出口。他只是坚决地拦住老者伸向货物的手,自己麻利地把几件货物搬上三轮车。搬完,他的衣服湿透了,不是货物重,而是天气太热了。天很低沉,没一丝风。

三轮车吱吱扭扭地走起来,老者说,你坐上吧。

看看老者还算挺直的腰板,他迟疑下,抹把额头的汗水,还是坐上三轮车的一侧。

头上咕隆隆响起闷雷。

老者抬头望望天,说,怕是雨来了,前面快到我住的地方,咱去拿块塑料布,把货盖上。

给良心打个补丁

他心里立刻热乎乎的，刚才的失望一扫而光。

离开大路，七弯八拐，来到一间铁皮房子前，显然，这是违章建筑，也算不上是建筑，因为它是用废油桶展开来制作的。门刚打开，雨点也噼里啪啦地落下来。老者拿出两块塑料布，严严实实地捆扎在货物上，然后说，小伙子，先进屋躲躲。

雨挟来了风，可铁皮屋里依然闷热。老者不好意思地笑笑，好像是他做错了什么，他从桌上拿起蒲扇递给他，自己找了块硬纸板，边扇边用衣袖擦拭亮闪闪的额头。

他环视了一下屋里的摆设，只有一台收音机和白炽电灯算是家用电器。问，您不吹电扇啊？

老者笑笑，我白天都在外面，晚上回来也凉快了，用不上电扇的，再说，那东西也耗电，电就是钱呢。

他的心疼了一下，目光投向外面的三轮车。车上的几件货物就是电风扇，是厂里发来的样品，是几款不同样式的电风扇，不过客户正等着看样品订货呢。

雨还没有停歇的意思，他不停地看手表，他怕赶不上最后一班汽车。老人看出了他的焦急，忙披上雨衣，也给他找了一顶草帽和一块塑料布，然后就一起冲进雨水里。

到了汽车站，老者已被雨水浸得津湿。他卸完货物，掏给老者一张钞票，说，不用找了。

老者接过钱，边慢腾腾地掏衣袋边说，讲好的价，不能多收。

他用力固执地摁住老者在衣袋里翻检的手。老者才作罢，眼里立刻多了一份在他看来很俗气的欢喜。

第二年夏天，他再次来到这座城市时，他怀里抱着一台小巧的台式电风扇，专程去找老人的铁皮房子。

铁皮房子不见了。

他又找到铁路托运处前,也没有看到老人。问路边的三轮车们,有人告诉他,老马走了。

回老家了?

不,是永远地走了。

他愣了半天,问,什么病?他是没钱治病吧?

他呀,身上早有病,年纪也大了,一个怪人,汗珠子摔八瓣儿挣来的钱,陆陆续续都捐了,捐给了贫困学生,好几十万呢。

他一下惊呆了。

后来,他从新闻里看到一个老人的事迹,他就生活在他那次去的城市,他踩了几十年三轮车,把辛辛苦苦挣来的血汗钱,都资助了贫困学生,老人的名字叫白芳礼。

他激动起来,他遇到的老者难道就是白芳礼?

又一想,"三轮车们"都喊老者"老马"的。老马,老马,是他真的姓马,还是本不姓马,是同行们看他老骥伏枥而对他的爱称?不过,他还是愿意老马不是白芳礼,老马就是老马,这样,社会上就又多出一位古道热肠的人。

多年后的一天,我去已经升任业务经理的他家里作客,看到简朴的博古架上摆放着一台样式老旧的台扇,不解地问,你为贫困地区的孩子付出那么多,还会看重一个古董似的旧电扇?老掉牙了,快换个新款的。

他一脸凝重:这不是我的,是老马的,是我买了送给他的!

浪漫周末

宝石红的酒斟满三只酒杯，他先给父母奉上，然后自己才微抿一口，他感觉到从没有过的醇绵厚重。

周末终于来了。这是他渴望了一周的周末，憧憬了一周的周末。

午后，没见到QQ上她的人头闪动，他就戴上墨镜早早地出了门，先去商场，站到红酒柜台前。

导购员微笑着问，想买哪种红酒？

他的耳畔似乎响起了一个甜美的声音：我就爱喝这种酒，我爱它宝石红的颜色！

他说，拿两瓶红酒。

导购员说，哪个品种？最好的？

他一指，宝石红颜色的。

导购从柜台下面拿出专用纸质手提袋，给他装了两瓶。

走在街上，夏日的阳光火辣。他孩子似的从袋子里拎出一瓶酒来，对着太阳看。他的酒量不大，但他喜欢看这酒的颜色，更喜欢看她喝红酒的神态，着迷她轻吮高脚杯时的小巧红唇。

欣赏完酒的颜色，看看手表，掏出手机，再次拨打那个号码，他喜欢听她慵懒的小猫咪般的声音。

电话里传来"嘟"的一声，然后说："您所拨打的电话已关机，请稍后再拨。"

第一辑　麦粒金黄

是不是还在睡懒觉啊？即使是周末，也不能睡到现在啊？真是懒猫！

反正时间还早，他信步走到了江边公园。以前他和妻子恋爱时，两人总来这里散步，结婚后就来得少了。妻子现在干什么呢？他出来时她正在洗衣服，估计现在已经洗完了，在拖地吧。

鹅卵石铺成的甬道上，擦肩而过着两两一对的行人，愈发显得他形影孤单。他又拨打那个电话，还是无法接通。上周就约好了的，怎么到现在还不开机呢？是她临时有事情变了卦，还是要到夜色朦胧华灯初放时再突然给他一个惊喜？他摇摇头，暗自哑笑，他相信她会突然给他一个惊喜。

太阳下山，余晖漫天，扑入眼帘的景物有些暧昧起来。他再次拨打她的电话。这次通了。是的，看来她是非要到这个时间才给他一份惊喜，两个人的浪漫时刻马上到来了！电话响了很长时间，却无人接听。怎么回事？是她那边太嘈杂没有听见，还是她故意让他再着一下急？

稍后，他又把电话打过去，不想，回过来的声音却又说电话已关机。

时间一点点地过去，他安慰着自己，她的电话肯定是电量不足，等她换了电池后，就会打过来的，他期待，期待着电话突然响起。他慢慢走着，渐渐感到疲惫。忽然，电话真的响起来。他看都没看就迫不及待地按了接听键，刚想叫懒猫，却是妻的声音。妻问他到了吗？在外面要少喝酒，要休息好。他苦笑笑，今夜，家是回不去了，为了这个约定的周末，他浪漫地生出无限遐想，他认定这将是一个浪漫周末，所以他出来时和妻子说，是单位派他去邻市出差，今天不回来的。

给良心打个补丁

额上淌着汗，脸感觉很热，深一脚浅一脚地走着，他不知道要走到哪里去，要走到什么时候。走着走着，猛一抬头，前面竟到了老城区。他惊愕，这之间应该是十几公里的路程呀，平日打出租都嫌时间长，怎么会能够走来呢。他的父母还住在这边，他来一趟总嫌远，有多长时间没来过了？

推开陈旧的门，扑面一股久违的温馨。他看到父母一脸的惊愕，随即是满眼欢喜。母亲问，吃饭了吗？他摇摇头，抖落满身的星光。母亲就扎进厨房，工夫不大，端上来四个都是他爱吃的菜，然后摆好了一双筷子。他说，一起吃吧。母亲说，不看看几点钟，我们早吃了。他心里一热，拿出一瓶红酒，说，爸，咱爷俩儿喝两口。父亲说，别，我还是喝两口白的过瘾。他说，现代医学研究证明，红酒对老年人健康有好处呢，软化血管，延年益寿。

母亲一听，忙凑过来，不便宜吧？红酒有这么多的好处，特意买给你爸的？又转向父亲说，看看，儿子多心疼你。

父亲经母亲一说，脸上露出得意来。这时母亲却把酒夺过去说，我也听说女人喝红酒能养颜，青春永驻的，你还是带回去给你媳妇吧，多亏了她给你里外操持。再说，她正是爱美的年龄。

他的脸像醉酒般红上来，爸，妈，今后你们一定要坚持喝红酒，我每周都会买给你们！我一定也会买给她！

宝石红的酒斟满三只酒杯，他先给父母奉上，然后自己才微抿一口，他感觉到从没有过的醇绵厚重。

红酒怎么可能像白酒呢？他突然感谢起这个周末。

第一辑　麦粒金黄

给良心打个补丁

他像受了污辱，鼻子竟一抽一抽地哽咽起来，说，我才不是什么慈善家，我是赎罪，我良心上有个窟窿，我要补上啊！

是多年以前的事了，那时他风华正茂、雄姿英发，那时他刚把自己摇身变成包工头，踌躇满志地到处打听工程做。风闻一个镇小学要建教学楼，他忙提了礼品夜晚去敲主管领导的门。领导还算热情，让他明天去单位拿图纸，说要招标，谁价低用谁。

为能接到这个工程，他把预算算到了骨头，工程所需的材料都算成批发价，工资上恨不得把师傅算成小工，合计到一起，再略微加了几点利润，信心十足地报给了领导。

过了几天，他去找领导。领导说，你的价格有优势，只是，我的几个副职怕你干不好，说没听说过这个建筑公司啊，哪座楼是他们盖的？哎呀，这其他领导们呀……

像被迎头泼了冷水，他心里凉了半截，傻愣愣地不知所措。领导看他吭不出个声，知道他在业务洽谈上还稚嫩，干脆把话说直：这样吧，你拿点小意思，我帮你去做工作。

那得多少啊？他问。

领导说，你看呢？目的不就是接到这个工程吗？实话告诉你，另几个包工头都已经来送过钱，但我坚决不收，他们报价比你高，我端着公家的饭碗，能不替公家省钱么？

23

给良心打个补丁

领导说这话时严肃得一脸正义。

他咬了咬牙，说：一万元，行了吧？

领导微笑，说，凭我和他们多年共事的关系，应该能搞成。我什么也不要，真的，我什么也不要你的，我都是快退休的人了。

是个傻子也能听明白话的意思。他就说，搞成了我再给您五千！

领导大笑，说，这样吧，咱都是直爽人，一共拿两万元来，所有的事你不用再管，连根香烟都不用再拿，只管专心盖楼。

我的价格已经，已经……他为难地说。

都知道你的报价最低，所以不能更改。赚点钱也不容易，我具体负责工程验收，教学楼的质量就不要搞太差哟！

他明白了领导的意思。

他咬着牙送来"小意思"，然后就接到了这个工程。

几个月后，工程顺利完工。他很高兴，虽然没赚到钱，毕竟是他的第一个作品。新楼启用剪彩仪式上，震耳的鞭炮声却让他害怕，怕细钢筋和低标号水泥禁不起这么大的动静。看到教学楼前一张张天真可爱的笑脸时，他才感到问题的严重。夜里，他辗转无眠，施工时只看到砖头水泥，只想着法儿地节省材料了，怎么就没多想一下，盖楼是为的什么呢？

他的业务慢慢多起来，工程越做越大，钱像雪球一样滚大，但再没有偷工减料赚的。常年操劳，使他容易健忘，但他想忘记的，却总在夜深人静时来折磨他。痛苦得不能忍受了，第二天就独自开车去小镇。听到孩子们琅琅的读书声，心就铿锵铿锵猛跳得厉害；等看到太阳下教学楼摆出一副很结实很牢固的样子，又松出一口气。而夜里，那些细钢筋又会跳出来扎他的心。这些年他梦中惊醒多少次，他就去过小镇多少次。

汶川发生大地震。

这里离四川很远,没有任何震感,但电视新闻里教室倒塌和死伤画面却吓得他面如土色,汗流浃背,好像脚下的楼房马上也会坍塌一样。

他一步三颤地赶到教育局,说,我要捐款。

局长说,给灾区捐款要到民政局。

他说,我想拿一笔钱出来,给那个镇小学翻盖教学楼。

为什么呢?那个楼好好的,还不算太旧。局长听糊涂了。

为了孩子,为了花朵般的孩子们。这样吧,只要你们允许,从拆到建都由我出资负责。

局长眼睛一下子亮很多,握紧他的手,猛拍他的肩:你不但是企业家,还是大慈善家啊!

他像受了污辱,鼻子竟一抽一抽地哽咽起来,说,我才不是什么慈善家,我是赎罪,我良心上有个窟窿,我要补上啊!

他说完,擦干泪水和汗水,感到一种久违的轻松和踏实从心底传递出来。

美酒飘香

刘大用不顾老张的阻拦,拧开酒瓶的盖子,一股醇香立刻飘荡出来,飘得满屋子都是。

刘大用有一瓶好酒,不但自己爱不释手,就连村主任也时常惦记。

给良心打个补丁

这酒是刘大用的战友来看他时，带过来两瓶飞天茅台，当晚两人对饮了一瓶，这一瓶就剩了下来。

村主任就来和他半开玩笑地说，我为咱村里的事情跑前跑后的，还不炒两个菜，拿那瓶酒犒劳了我？

大用嘿嘿一笑，这么好的酒，不晌不夜的，咱俩喝了有啥意义？

你的意思是？

等你上面来了人，来了给咱村里办大事办实事的干部，也给你壮个门面。

好，好！村主任一连拍了几下他的肩膀。

村小且偏僻，很久也不见上面来人。

这天，终于来了，村主任说，县里来咱村检查计划生育了，来的个副局长，快把你的酒拿出来吧！

大用说，不是来个当官的我就拿出酒来，要看他是来干什么。

计划生育，利国利民，难道你还反对？

大用嘿嘿一笑，我不反对，可我更愿意要来个能为咱村里的建设出把力的，能把咱村经济带动了，我再拿出来。

村主任摇摇头，一步三回头地走了。

过了半年，村主任又风风火火地来了，说，这回那茅台该喝了，上面来了人要给咱村修路呢，路修好了，一直可以通到外面了。

大用连忙从腰带上取下钥匙，打开橱柜，双手捧出茅台，刚要递给主任，又把酒重新揽回到怀里说，我和你一起去看看。

真像村主任说的，是来勘察修路的。一起来了几辆车，昨天刚下了雨，车上满是泥泞。村主任朝院子里一个梳着背头的人一指，那是负责的陈局长。大用打量那个局长，几个人里只有他皮鞋锃亮得一尘不染。大用扭头回走。村主任在后面追，咋？

第一辑　麦粒金黄

大用说，这酒不是给他喝的！

大用进了家，门外响起一阵清脆的自行车铃声。是邮递员老张。老张双手递上一本崭新的《小说选刊》：你订的杂志！

大用看看老张，又看看塞在他自行车盖瓦里的泥巴，说，这么远的路，还这么泥泞，你慌个啥？隔天路好走了再送来也行啊。

老张说，先去送了别人的几封信，家书抵万金啊，耽误不得。

大用说，老张好人啊，你可真让我感动，信都送完了吧？快屋里坐坐。

把老张推进屋，大用说，其实让我感动的，不只是你，而是整个中国邮政！说来话长，我爷爷去当解放军，后来就突然没有了音信，后来俺太奶不忍看俺奶奶一个人孤苦，就逼俺奶改嫁。俺奶坚决不从。后来太奶拉着奶奶央求，别等了，他活不见人，死不见尸，你还一朵花似的，我们不能拖累你，我给你找好了一户忠厚的人家。实在被老人逼得没办法，奶奶就答应了。明天人家就来接人了，奶奶在村口站了一天，哭了一天。天黑下来时，从村外急匆匆来了一个人。那人到了跟前，奶奶的满腔希望瞬间破灭了。不过这人接着问奶奶，说谁谁家在哪儿住？奶奶说，我就是啊。那人说，有你的信！奶奶撕开一看，就大声恸哭起来：是爷爷寄来的，爷爷没死，而是随部队去了新疆的建设兵团！还有，后来我当兵时，接到紧急命令去救灾。一口气干了十五六天，才想起该给家里写封信报平安。清早邮局没开门，我没时间等啊，想了想，就把没贴邮票的信丢到信筒里。不想，家里竟然收到了信，信封上还给贴了邮票！看来是遇到了好心的信件分拣员！

老张听他说完，呵呵笑起来。

就说你吧，这些年风里来雨里去地给我们送信送报纸杂志，给

给良心打个补丁

出门在外的人向家里报平安,给想致富的人们传递信息送报刊,来,感谢的话不说了,我这有瓶好酒,咱哥俩喝了吧!

老张说,不用感谢,我们分内的工作,应该的。酒就不喝了,俺们也有纪律的。

你今天的工作不是都完成了吗?八小时以外,咱是弟兄,喝酒!

不顾老张的阻拦,大用拧开酒瓶的盖子,一股醇香立刻飘荡出来,飘得满屋子都是。

爱情三十六计

变成卖鱼妇的我曾怀疑地问他,当初你用嫁入豪门需要一技之长来哄我去学财会,学驾驶,学剖鱼,是不是就有让我陪你来卖鱼的阴谋?

"夫人,起床吧。"女佣轻轻地喊醒我。我应了一声,翻个身,女佣才拉开垂着金丝蕾边的遮光窗帘。

阳光一下照进来,刺人眼睛。女佣说,您是先洗玫瑰牛奶浴还是先吃早餐?先生他已经吃过,现在楼下正准备去公司呢。

我披上苏绣睡衣走到窗前,别墅的门前,我的他已坐进宽敞的轿车里,然后一溜烟地远去。

婚姻对于女人,是第二次投胎。不知是琼瑶的小说看多了,还是港台电视连续剧毒害的原因,冥冥之中,我总以为除了找到如意郎君外,一定会嫁入豪门,而我,就是刚才梦境里幸福的阔少奶。

时光飞快,青春的时光更快。我的工作三天两头更换,我的爱情鸟也没找准着陆点，就已经二十五六了。别人给介绍了几个，我都让二牛哥给我参谋。我俩从小的铁哥们，一起长大，从小什么事情我都和他商量。他人长得像刘德华，却没多少文化，家里也贼穷。参谋几次，二牛就拉长脸撇嘴几次，说，你是朵鲜花，哪能随便找个地方插？像你这样的美女，找的老公要像郭富城，公爹像李嘉诚。

好不容易别人给介绍了一个在私企上班的职员，家里还有两套房子，人虽说不像郭富城，但和黎明有神似的地方。可让二牛一参谋，一百个不合适的理由。

我说，我可不算年轻了啊。

二牛说，姻缘天注定，不着急，你的白马王子早晚会出现。

那我还得等啊？

可在等的过程中，你得多学东西充实自己啊。最起码的，你要学点财会知识什么的，不然，到了大户人家，每天和钱打交道，怕你数不清。

还真是的，那我学个财会吧。

我喜滋滋地去了，历经寒暑，费了九牛二虎之力，终于拿回了会计证，在二牛面前显摆。

二牛不看却问，最近遇见合适的了吗？

我摇摇头，就没遇见过好小伙儿，连个长得像你这个档次的都没有，我可怎么办啊？

赫赫，这么说不如我的是大有人在啊。让我说啊，你还是先充实自己，光会数钱也不行啊，再有一门技术才好。

那我去学个裁剪啊女红什么的？

现在都买衣服穿了，谁家还请裁缝？以后你嫁到"李嘉诚"他们家后，府上车水马龙的，作为一个少奶不会开车哪行啊，自己不

给良心打个补丁

方便，也让人瞧不起。

那我……

我又去花半年时间学了个驾照。

二牛又说，你也要学会做饭做菜，这是贤妻良母必备。得，我利用我得天独厚的优势，先教你给鱼刮鳞吧。

这个谁不会？

你会？这也是技术！一要快，二要干净，还要顺便去腮。

二牛麻利地给我示范。

我笨手笨脚地学起来。

虽然我学会了算账，学会了驾驶，学会了刮鱼做菜，而我的爱情还是一次一次地成为水中花，我的年龄一年比一年大了，世界上真的找不到一个比二牛更好的男人了吗？

又是一年的情人节。我害怕这一天。妈妈说，其实你心里早就喜欢着一个人。

我头一摇，说，从没有。

妈妈说，你还嘴硬，那人在你心里已经成了一把尺子，所以你看不上别人。

我不会嫁给他，他家太穷了。

妈妈说，是啊，不是这样，他也早向你求婚了。他爱你，所以他不忍心让你嫁了他受苦，所以才忍在心里没有表白。可你们都年轻，都有手有脚，还怕以后没有好日子？

我沉默了，是的，原来我的爱情一直披着件友情的外衣。

有人敲门。门开了，一大簇红玫瑰涌进来。

我的心狂跳起来。来人在鲜红的花后面说，我爱你，我一直愿意你更好。但今天，我不想再折磨自己了，我要向你表白……

我的眼泪流下来，去吧，什么豪门，去吧，什么阔太，我的爱情啊，差点被这些虚幻缥缈的东西给害了！

婚后，我们恩爱相敬，幸福甜蜜。每天我开着车早出晚归，高大帅气的他坐在我的身边，浑身镀满比小麦颜色还健康的肤色。浪漫吧？呵呵，不过我开的不是豪车，是小四轮货车；我们不是去旅游，是去菜市场。摆好了摊子，等来顾客，他过秤来我剐鱼，我算账来他找钱。是的，我嫁给了我青梅竹马的柳二牛，之前他是在菜场卖鱼的。

变成卖鱼妇的我曾怀疑地问他，当初你用嫁入豪门需要一技之长来哄我去学财会，学驾驶，学剐鱼，是不是就有让我陪你来卖鱼的阴谋？卖鱼就卖鱼呗，不就是口算吗，何苦小题大做，让我去学会计证？

二牛喝口酒，吧嗒一下嘴，幸福地笑笑，过去的就让它过去吧，还提那干啥？

如玉的核桃

在北京潘家园一家古玩店内，展列着一对品相极佳的文玩核桃，它们润泽如玉，躺在锦盒内，标着数万元的身价。

金老太有一对核桃，与爱情有关。

金老太当姑娘时叫如玉，如玉正在家中做针线，李小疤来了，先是傻笑，笑完了掏出双胞胎似的两个麻核桃。麻核桃本地不出产，算是稀罕东西。李小疤说，这是我前几天跟东家去口外，特意给你

给良心打个补丁

捎来的。

如玉瞥了眼，淡淡地说，你自己留着吧。李小疤说，这是我的一片心意。

如玉说，我凭啥要你的一片心意？李小疤嘿嘿地笑，你这么灵透还不明白啊。

如玉不是不明白，是不喜欢他。如玉拉长了脸说，拿走。李小疤说，你留个念想吧，我报名参了军，明天就走，去解放全中国！说完，红着脸快步跑了。

如玉想，权且放着，等他回来退还，免得现在分他的心。

全国解放了，李小疤却没回来。有人说他牺牲了，也有说他当了逃兵。李小疤的老娘就哭瞎了眼。如玉看看两个核桃，叹口气，去一日三餐地照顾他老娘。李小疤老娘辞了世，如玉也成了老姑娘。自从如玉走进李小疤家的门，风言风语就铺天盖地，如今他老娘没了，也不见有人给如玉提亲。

后来，如玉还是嫁了人，嫁给在公社食堂做饭的金瘸腿儿。

金瘸腿儿闲下来的时候问，你和李小疤怎么一回子事啊？如玉眼一瞪：俺跟了你，俺是什么样的人你不知道？金瘸腿儿点点头又摇摇头，我只是好奇那些闲言碎语。

核桃，都是因为核桃。如玉把来龙去脉讲了一遍。

金瘸腿儿说，你心里还是有他，不然还留着核桃干什么，你把它一砸，不就完了吗？

如玉说，我不喜欢他，才不接受他东西，半路上俺砸了算个什么事？等他回来，退还给他。

不是说死了吗？

死了怎么不给个烈士呢？如玉对着两个核桃说，岁月把核桃磨成老红。

光阴慢慢流走,李小疤依然没有音信,而金瘸腿儿已老得中了风。医生说这样的病要多活动,于是老成金老太的如玉白天架着他出去走,回家就让老金在手里转核桃,活动经络。

后来金瘸腿儿没了,金老太带着一对红亮的核桃被儿子接进城。走时和邻里们说,如果李小疤回来了,一定给我打电话。邻里笑笑,金老太真是执拗。

后来,金老太得了眼疾,每天坐在床头,在黑暗里转动两个核桃。

李小疤真的没死,当年是被俘去了台湾。想家的老李小疤,辗转着回乡探亲。金老太得知了消息,就让儿子送她回乡。

儿子推三阻四,最后还是送金老太去了。进到村里才知道,回到家乡的老李小疤竟在睡梦中辞世了。来料理后事的李小疤儿子还没有走,接待了金老太。金老太叹口气,掏出两个核桃说,带我去你爹坟上,了个心愿。李小疤儿子的眼睛放起光来,说,您把核桃给我吧。

金老太说,老一辈子的事,和你无关。

小疤儿子说,这核桃卖给我吧。金老太摇摇头。

小疤儿子说,真的,我出高价。金老太还是摇头,并且握紧了核桃。

金老太儿子把李小疤儿子拉到一边,小声问,这陈年的核桃也值钱?李小疤儿子郑重地点点头。

金老太儿子转身和妈妈说,妈,他愿意高价买,就卖了吧。

金老太微微一笑,说,钱是好东西,可钱又能买回什么?

到了李小疤坟前,金老太把两个核桃放在地上,让儿子去找砖头。儿子磨蹭好半天才回来。砖头递到金老太手里,李小疤儿子央求道,我愿出五千元买下来,卖的钱您留着养老也好啊。

给良心打个补丁

金老太一阵大笑，砖头落下，两声脆响。

在北京潘家园一家古玩店内，展列着一对品相极佳的文玩核桃，它们润泽如玉，躺在锦盒内，标着数万元的身价。有人看中了这对核桃，老板就讲了上面这段故事。

老板喘口气，喝口宜兴小壶里的茶，说："其实金老太的核桃并没被砸碎，在老人举起砖头的一瞬，被她的儿子换下了。"

温暖冬夜

两个人又说着、笑着、打着、闹着。偶尔有从他们身边经过的路人都会侧目来看：不是爱情的力量，这么冷的天，谁还会在外面奔跑？

不知是雾霾还是尘霾，悬在暮色里，将夜早早地烘托出来。路灯亮了，仰头望去，灯光却被雾霾阻挡成了一圈圈迟钝的光晕，像近视眼镜片上的光环。天气寒冷，街上早早地少了行人，更不会有谁驻足来欣赏街景。

这时，两个青年，一男一女，出现在了街上，他们站在人行道上，站在第一年移栽、被园丁用无纺布包裹得严严实实的冬青树旁。

男的说，今天咱搞什么项目？

女的说，还是先比赛跑步吧，记着，小跑。

男的说，好，咱就跺着脚跑，不要求快，看谁把脚跺得更响。

第一名什么奖励呢？

第一辑　麦粒金黄

还是获得第二名的亲吻一口。第二名呢,获得第一名的亲吻一口。

行,我喊预备,咱就开跑。预备——

他还没喊完,她已兀自先跑出去。

男的说,你耍赖,耍赖不算数的。回来,咱先画条线,比齐了一起跑。

好的。两个人站回起跑线,一声口令,就怪模怪样地争先跑了起来,跺着脚虚张声势的样子,像哪部动画片里的什么怪物。跑了一会儿,两个人气喘吁吁地停下来,一团一团的热气快速地从嘴边升腾。

男的说,不冷了吧?清清嗓子,咱俩唱一段刘海砍樵吧。

女的说,不,我要演猪八戒背媳妇。

男的说,唱刘海。

女的不高兴了,你不愿意背我啊?

我愿意背你,只是不愿意当猪八戒。

那就来个牛魔王背媳妇。

得,得,还是猪八戒背媳妇吧。男的边猫下腰边说,猪八戒丑是丑点,可好赖还算个好人啊。

女的笑了,爬到男人背上。男的一个鲤鱼打挺儿,把女的背起来,故意装成歪歪扭扭很吃力的样子前行。

背出一段,男的说,媳妇啊,该你背我了。

女的说,好,我背你。

男人高大的身躯夸张地趴到女人肩上,女人竟一点儿感觉不到重,轻松地往前走。

走了一段,女的说,看,要下雪了。

男的说,是的,细细的,像是撒盐呢。

给良心打个补丁

女的说,暮雪霏霏若撒盐,须知千陇麦纤纤。

男的说,那一会儿下大了呢?

女的说,大雪纷飞何所似?未若柳絮应风起。

其实都不是,这是在下白糖呢。

是啊,下多了白糖,我们的日子就好过了。

嗯,咱俩把白糖都扫起来,工作之余开个白糖批发部,比市场价格便宜个百分之十,不,便宜百分之五,估计咱的生意啊,也是最红火的。

那样的话,咱新房子的贷款就提前还上了,也有装修的钱了。

咱也把小宝从乡下接到咱身边来,送去最好的幼儿园,省得跟着奶奶什么也学不了。女的边说边白了男的一眼。

咱的父母都不容易,靠地里的收成省吃俭用,能把咱们都供到大学毕业,咱就感恩吧。咱靠自己的力量在城里安家立业,不吃老啃老,不是更有成就感吗?咱把房子的首付都交了,咱多幸福啊,不就是眼下日子苦点吗?那是老天要降大任于斯人也!老天啊,既然降了大任,那也请快快降下白糖吧,咱卖上一吨白糖,采暖费就解决了啊,省得每天到马路上哆哆嗦嗦地跑步御寒!

女的哈哈笑起来,笑着笑着又哭,也不知妈带着咱小宝现在干啥呢,这么冷的天不会也还在外面吧?

放心吧,咱妈最会带孩子了,她自己的亲孙子,会比咱疼儿子更疼。

过年时,你我都不买新衣服,也要给小宝和妈买一件。

男的点点头,拂去女人头上的雪粒,你还冷吗?不冷了咱就回家吧。

你呢?也不冷了吧?女的看看手表,好,你追我,咱俩一口气跑回去!

两个人又说着、笑着、打着、闹着。偶尔有从他们身边经过的路人都会侧目来看，会羡慕青春的他们，还会盲目地赞叹：不是爱情的力量，这么冷的天，谁还会在外面奔跑？

功 夫

"瘦猴"一笑：沧州武术让人服的不只是功夫，还有武德。

某年某地某个傍晚，一辆省际长途客车遭劫。

三个劫匪，如三座黑塔，其中一个膀大，一个腰圆。"膀大"说，在家靠父母，出外靠朋友，俺们也都是好人，走投无路，才来和大家借点钱。

"腰圆"晃晃尺长的刀，拍着刺有"忍"字和青龙图案的臂膀说，大家自觉，别逼俺们动手，俺可习过几年武。

从后面开始，挨个敛钱。钱敛得很顺利，人们可能都是一样的想法：破财免灾，生命第一。

敛到最后，还是遇到了麻烦。一个梳油亮分头的人，紧紧抱住一个牛皮包，说要钱没有，要命一条。

啪的一声脆响，"分头"脸上多了五个红印子。

"分头"声音小了好多，但依然坚定：要钱没有，要命一条。

"膀大"一把将"分头"从座位上提起来，说你要钱不要命啊。就当胸两拳。

给良心打个补丁

"分头"的脸立马痛苦得变形。

"膀大"再问，有钱吗？

"分头"点点头。

"膀大"说，拿呀。

"分头"说，在包里，一定别全拿走。

"膀大"说，我不拿，我拿算抢，你拿是送给我们。

皮包打开了，里面是一沓沓的红色钞票。"分头"说，我一家老小全在这里面了。

"膀大"说，我是借，还怕不还啊？

"分头"哭了，你打算还啊？

"腰圆"一把夺过皮包，把刀晃出寒光：哪来那么多废话！

三人快速窜下车，"分头"绝望地哇哇大哭起来。

一个青年追下去，说，快把钱放下，这些钱没了，你们不杀他，他也活不了。

"腰圆"说，你不要命啊？没看见我胳膊上的"忍"字？你赶紧忍！

三个劫匪把青年围在当中。青年拉出招式，看样子会些功夫。三五招过来，青年嘴角淌出血。再几个回合，青年被打倒，"腰圆"凶狠地朝青年的腹部抬起腿。

住手！车上又下来的一个中年人，文文弱弱，瘦得像猴子。"腰圆"便气哼哼地朝同伙一挥手：又一个不忍的，让他也长长记性，以后少管闲事。

面对三个壮汉，"瘦猴"本能地握紧拳头，但直抖。人们都为瘦猴捏把汗，只见拳来掌去，人影穿梭，最后惨叫连声，却是三个劫匪躺倒在地上。

第一辑　麦粒金黄

本该欢呼喝彩，车上的人们却不满起来，纷纷埋怨：有这身功夫，怎么不早出手？

"瘦猴"听了，很无辜地摊开手：我哪会什么功夫啊？只是豁出去了。

还说没功夫，三条壮汉被你打得都爬不起来了。

我连马步都不会扎啊，不过我在一家武术学校工作，当了十多年老师。

啊？那就是武术大师了啊。

可我是教数学的，没啥爱好，闲时除喝二两御河老酒外，就是爱看学生们练功对打。

你那一招一式可有学问了，只是我看不懂你属哪个门派。刚才和劫匪交手的青年说，你看啊，他"饿虎扑食"，你"顺手牵羊"还"枯树盘根"；他拿刀冲你"一剑封喉"，你低头躲过还"猿猴摘果"；他又来"蛟龙出渊"，你是"降龙伏虎"……

这么一解说，更把"瘦猴"说糊涂了，我真没练过，也不懂招数，只是顺着他们递过来的招式应对化解，我总不能吃亏吧。不信你去我们学校里问，我是教数学的庄老师，看谁说我会武功？

接到报警的警车笛声由远而近。唉，躺在地上的"膀大"说，败给你没练过的，算是我们以前白练了四五年，惭愧惭愧。

没什么好惭愧的，要知道，我是在沧州的武术学校教数学，每天看的是沧州武术。

"膀大"听见"沧州武术"几个字，忙欠起身子，拱手作揖：栽在你手里我服。

"瘦猴"一笑，沧州武术让人服的不只是功夫，还有武德。

39

古　宅

讲解员小赵说：这座民居历经600多年风雨沧桑，才走到今天……

"大家看，这是从大山深处搬出来的明代民居——赵氏古宅，它是我们博览园的镇园之宝！"顺着讲解员小赵纤长的手臂望去，竹影摇曳处，一座明代建筑风格的民居展现眼前。

"元朝初年，大宋皇室四散出逃，其中的一支躲进皖鄂交界的深山老林定居下来。到了明初，已繁衍得人丁兴旺的皇室后裔，见已天下太平，就拿出金银细软，购置砖瓦木料，兴修宅院，相传历时十一年才建成完工。"小赵边说，边带我们走进古宅。

"下面大家跟我看：该院落建筑布局对称，前厅、厢房和后堂相互贯通，布局合理有序，整座官堂里的任何一根廊柱都一人无法抱拢，梁上刻有木雕，堂屋、厢房，立面设有装饰栏杆，这些木料不是花梨，就是楠木，木枋头饰、木窗均有花卉浮雕图案。雕刻栩栩如生，有神仙、人物、飞禽、走兽、花卉和庭院，展现了明代工匠高超的艺术创造水平。"

这刻的是八仙过海！我们一行人从初见时的震惊中渐渐苏醒过来，开始端详品评。

"是八仙拜寿！"小赵纠正着。

这么长的胡子，肯定是关公！任哥指着廊檐下的透雕。

"这表现的是桃园三结义，里面肯定少不了刘关张。"

第一辑　麦粒金黄

"这边肯定是麻姑献寿！"同行的何姐说。

我们在古宅里边流连，边慨叹，这么精美的建筑，保存到今天不容易啊。

讲解员小赵听了，说："这座民居历经600多年风雨沧桑，才走到今天。远的不说，相传一百年前的收谷时节，堆放古宅旁边的稻草被顽皮的孩子点着，火苗子一下蹿起了一人高。"

啊？我们都张大了嘴巴。

"这时，响晴的天空下起瓢泼大雨，古宅逃过一劫。"

我们都长吁一口气。

"抗日时期，鬼子的飞机扔下一颗炸弹，不偏不倚从天井落进来，震得房子一颤。当时房里的人都吓傻了，认为肯定和房子同归于尽了。"

结果呢？

"结果是颗臭弹，没有响。"

太吓人了。

"后来，到了破四旧的时候，当时的村主任是个退伍兵，有文化，他也是在这座古宅里长大的。为了保护这个古宅，他费尽心思，最后用黄泥把里里外外的雕塑都糊上了。黄泥蒙哄了城里来的闯将，古宅保住了。"

后来呢？

"改革开放后，山里来了文物普查的，已经满脸皱纹的村主任敲开黄泥，露出画栋雕梁，惊呆了所有的专家"。

再后来呢？

"再后来就被我们董事长买下，拆迁到这里。"

一阵寂静。其实我们几个人心里并没有平静。

给良心打个补丁

任哥说，这古宅肯定是被村主任给卖了，保护时是他，能够做主卖的，也只有他。

何姐说，古宅从大山里搬出来，就失去了它的神韵，山水也会因此而失色。

我说，祖宗给留下来的，给多少钱也不能卖啊！

大伙七嘴八舌，最后一致认为，肯定村主任背地里得了昧心钱，才出卖了古宅。

大家正一致谴责村主任时，讲解员小赵插了嘴："下面的话我是不该说的，也不在讲解范畴之内。当年这座古宅的发现轰动很大，文物专家和考古专家纷至沓来，很多商人打起了这座古宅的主意。我们董事长也在第一时间派人去山里谈购买古宅，都被老村主任一口回绝。去的人问，那你多少钱能卖？村主任一指门前的大山说，祖宗留下的东西，拿座金山来也不卖！

派去的人碰了一鼻子灰回来，董事长并不死心，他亲自去了，不知怎么就和那个县的主要领导成了朋友。县领导陪同着到乡里，带上乡领导一起去了山里。领导对老村主任说，省里专家看上了这座古宅，有很高的文物价值，也为让更多的人能欣赏到古宅，想要搬出山去好好研究，你看多少钱给他们？村主任看看乡领导，又看看县领导，呆愣半天，用手从屋里摸到屋外，从门窗摸到廊石，说，既然是国家需要，不提钱，搬走吧。

最后还是乡领导说，这是我们县最偏僻的地方，还很贫穷，你看怎么给做点贡献吧？董事长说，要想富，先修路，那就给修条路吧。就修了村子通往外面的小公路。

公路修通了，开进山来的第一辆车就是来拉拆散的古宅。随后，县里招商来个木材加工厂，山上的树都变成木板一车车地被拉走了，几年时间,山成了秃山。"

大家长叹一声。咦,姑娘,你怎么能知道这些?

小赵也叹息一声:古宅搬出山,老村主任大病一场,再没起来。临终前拉着正读大学的孙女说,以后你一定要找到咱的古宅,去那里应聘上班,要每天看管好咱的古宅!

写给时光的信

小文躲进被子里,打开手电筒,摸到纸笔,忧心忡忡地给更遥远更未来的家乡写信……

小文脸红红的像喝了酒,因为下午他接到了一个电话,他要迫不及待地把来自家乡的好消息告诉宿舍里的每个人,要知道昨晚他们还在说起各自的家乡呢。

睡下铺的蒋平说:我家出门就是大江,江风习习,水流湍急,江面除了跑运输的货船,就是打鱼的小木船,船家看到的是鱼,而我看到的是一江粼粼的金光,晚上又是满江的碎银。我老爸在江滩草地上开了一块地,种的菜不使化肥不打药,连农家肥都不上,全靠夏季涨水带上来的河肥。

老狗的嘴咂了几下,说,这样的蔬菜怕是要卖十块钱一斤呢。

我家的菜绿色不说,从小枕在大江的臂弯里,在江风的吹拂下,在雾露的浸润下,听着涛声、桨声、汽笛声长大的。

老狗嘿嘿地露出牙,恐怕还经常听到情人的呢喃细语。

给良心打个补丁

这不假,江边郊游的人多,小情侣们更多。你说这样的环境下生长出来的菜能用金钱来衡量吗?

白露说,让你小子说的我也想家了,有时间欢迎大家去我家。坐上火车往北走,一直往北,大夏天看见雪了,就是我家了。我家挨着一片原始老林子,咱们去套野鸡,然后采蘑菇,一起炖了吃。

老狗说,你就知道吃。小文,你的家乡呢?

小文脸一红,没什么好说的。

大伙就起哄,拣好的说。

小文就摇摇头。家乡除了黄土,就是黄土,夏天一马平川绿油油的玉米,冬天一望无际黄枯枯的冬麦,实在没有特别的风景。

现在好消息来了,小文终于可以自豪地和他们谈家乡了,可他们又不在。和谁倾诉呢?一颗激动的心难以平静,小文想了想,就写起信来,写给时光,写给明年或者后年的家乡吧!

"家乡你好!截止到今天之前,在工友们面前都不愿提到你,因为你没有名胜,没有特产,还经常干旱少雨,使得地下水位连年下降,人畜饮水都成了困难。今天接到父亲的电话,知道你要巨变了,我非常激动,你将迈着大步朝好日子走去,我仿佛看见了几年后高楼林立的你,看见了变成工业园和城市的你,看见了人们都有自己的汽车,再不用去外地打工,在家门口每天西装革履地去上班。我的家乡,你是一块宝地,你将变得越来越美……"

小文写完,将信小心翼翼地折成一只鸽状小心地保存,他想等十年后再拆开,看看自己今天的美好向往和现实有没有区别。

晚上,工友们都回来了,小文的脸依旧红红地,他大声又有些发抖地说,我来说说我的家乡吧。我的家乡是平原,很普通的平原,没有山峦,没有河流,就是这么平静的小地方,但现在突然不平静了,

第一辑 麦粒金黄

已经探明地下有丰富的矿藏，马上就要开采了！

蒋平说，可别告诉我你们那里有金子。

是乌金！已经探明储量为200亿吨！

哇，你们那里要发了！蒋平说。

还有，我们当地政府引进了一家大化工厂，已经开始筹建了！

白露捣了他一拳，家乡要巨变，你要请客啊！

好，我请！小文无比自豪，一溜烟地去买啤酒。

几瓶酒下肚，老狗开了腔：老人们说，以前我们那儿的山上花红柳绿，我们那的河流清澈明净，不但供人吃，连地里庄稼都灌溉了。后来，我们那儿就出了煤，往下几十米深就是厚厚的亮晶晶的煤啊，一火车、一火车地往外运，一汽车、一汽车地往外拉，一拉就是几十年。

我们的煤是在地表2000米以下。小文得意地说，县里的宣传标语是，快出煤，快致富。

老狗说，你真是个孩子。

小文说，不止我高兴，我爸说，全县上下都高兴呢。煤一开采，能带动百业兴。

老狗顾自说，经过几十年的开采，我们那儿的土地开始大片塌陷，并且还出现地表扰动、崩塌、泥石流……

说的太严重了吧？

我查过资料，保守地说，每挖1吨煤要损耗2.48吨的水，每生产1亿吨煤造成水土流失影响面积约245平方公里。老狗顿了顿，我们那里都没有了河的概念，只有尘土和煤灰风扬，遮天蔽日。

小文说，现在高科技了，应该不会再造成大的破坏吧。

但愿。我家乡现在就像一个砂眼密布的水瓢，政府每年拿大量的钱来修补也补不好，修补的钱比当初卖煤的钱还多。我呢，只在心里眺望家乡，却没了可以立足的家园，那片叫家的土地下沉得不能立足。

宿舍里鼾声四起，小文还在想老狗的话。一件天大的好事，竟让他说得毛骨悚然呢。父亲在电话里说，工程队已经开始钻眼勘探了，就在他家桃园里。明年，不，今年，桃林还会存在吗？大片的玉米还会存在吗？小文越想，越睡不着。远去传来一声挂钟的声音。不想了，不想了，小文闭起眼睛数羊。数着数着，一只只的羊就变成了一节节拉煤的车皮。10年后的家乡会是什么样子呢？肯定一片繁华。20年后呢？会更繁华？50年后呢？200亿吨煤采尽的时候呢？会榨干土地里的每一滴水吗？现在家乡饮水都是从几十米下抽取，那几十年后要打多深的井才能吃到水呢？即使采完煤有坍陷，但愿也不要影响到一百多公里外的北京，北京在他心目中比家乡更重要和神圣。有没有既开采了矿又不破坏水土的先进办法呢？如果没有，陆地上的资源放在那儿是跑不掉的，那还是先放一放吧！

唉，这不是一个小百姓该担忧的事情。睡意全无的小文辗转反侧。那就不睡了，小文躲进被子里，打开手电筒，摸到纸笔，忧心忡忡地给更遥远更未来的家乡写信……

搭 车

太阳几杆子高了，还没有一辆车肯在她面前停下来，没人看出来她是要搭车？

第一辑　麦粒金黄

太阳皮球似地刚弹出来，她就踱着脚站到了路边。

这条路不算偏僻，却不搭公交车，如果坐公交车，要到8里路外的新河镇坐。天冷路滑，她实在不愿意多走路。车一辆辆匆忙忙地驶过，她没有招手，却相信，只有不着急赶路的司机，才会嘎吱一声停下来，主动带她一段。

有年头没有搭车了，但这条路她再熟悉不过。小时候，俊秀的她独自在路边玩，那时的路还是土路，走的车都是牲口拉的车。一驾马车停下来，赶车的把式抱起她，端详一下，四下环顾后把她放进马车。她惊得哭起来，车把式要捂她的嘴，她银铃般的嗓门立刻更大了。车把式慌忙又把她放回路边，仓皇而去。自那，家人再不敢任她随便出去，直到十几岁上，才和小伙伴们花喜鹊般叽叽喳喳地去镇上，累了，几个人拦下一辆马车，叽叽喳喳地跳上去。

太阳几杆子高了，还没有一辆车肯在她面前停下来，没人看出来她是要搭车？年轻的时候，她脑后梳条大辫子，油亮亮的垂到上翘的屁股那儿，她在路边闲站，就有车把式勒住缰绳，眼神儿贼亮地问：去哪儿？妈说，没事你少到路边去，小心让人拐了你。她还真让人"拐"过，是拖拉机。那时拖拉机的吸睛度绝不次于现在的房车。拖拉机停在面前，气宇轩昂的拖拉机手说，带你一路吧。她懵了一下，她只是在路边站下，哪儿也没想去的呀。她想了想，还是一下子坐了上去，那是拖拉机呀！拖拉机冒出一团一团的黑烟，蹦蹦蹦地开到县里。拖拉机手连她的手都没摸一下，她也没什么损失，只是自己从县里又抄近路走回了村里，二十多里路啊。她汗津津地边往家走边想，能坐这么长距离的拖拉机，值！

再后来，汽车就是这条路上的常客，她搭过大卡车，还搭过一次小轿车，那家伙，坐进去人像陷进棉花包，真是松软。轿车里那

给良心打个补丁

个干部模样的人，用手来扶她坐好时，无意中手还碰到了她鼓胀的乳房。从姑娘到媳妇，从媳妇到大妈，无论哪个阶段，她搭车从没有招过手的，都是车们主动停在她面前：去哪儿？带你一段！

虽然看不到炊烟，但她还是知道，快到吃午饭的时间了。无奈，她开始改变策略，见车就招手吧。瘦骨嶙峋的手挥动着，挥了好久，依然没车停下。怎么会都忽略了她的存在呢？虽说身板比年轻时矮小了些，也不至于矮小到被人看不到吧？年轻时有次和丈夫吵嘴，半夜里怄气跑出来，路边黑漆漆一片，车灯亮闪，照到她婀娜的身姿，都有一辆车停下，司机探出老长的头问：去哪？

这时，两个斑斓的身影飘到她跟前，急匆匆地招呼："张奶奶好！"不等她回答，她俩就忽地从她跟前一溜香地飘过去，高扬着手，扬成鲜艳的旗帜。立刻就有一辆小轿车停下，车门打开，两个俏女子钻进去，小轿车风般地开走了。

许是站的时间长了，许是空着肚子，许是高血压发了，她感觉头昏脑涨。嗨，不等了，回家吧。她揉揉冻僵的脸，刚要迈动酸麻的腿，一辆微面停在了跟前。司机跳下车来，并没有看她，只是前后左右地看车胎，还用脚踹了踹，再坐回到车上时，看到她牢牢地握住车拉手，讨好地笑："搭我一段路吧。"

司机沉吟下："我不到县里，只到新河镇。"

"那也行，带到镇上吧。"

司机望着她紧紧握住车门的手，只好说："上来吧。"

车里开着空调，热风一吹，她立刻迷糊起来。

"您等多久了？"司机问她。

"好久了，谢谢你。"尽管昏沉沉的，她还是努力地说出这几个字。

"不用谢，如果是位大爷，我还真得考虑考虑，现在啊，做好人不易。得了，我还是带您到县城吧！哎，您怎么了？我是好心，奶奶，您可别吓唬我！"

她想坐直，却瘫软在座位上。是啊，怎么了？她无神地望着惊恐的司机，想跟他说，说自己绝不是讹诈。她苍白的嘴唇抖动着，干瘪的胸部剧烈起伏着，却什么也没说出来。她的眼皮越来越沉，司机喊她的声音越来越小，恍惚间，她轻盈地飞起来，一下回到多少年以前，她花喜鹊似地站在路边儿，她没有招手，一辆乌亮的轿车就停在了她的面前……

鏖 战

只有她，才是他真正的对手。也只有他，才是她旗鼓相当的对头！

夕阳如血，染红天边云彩。

经过半天的鏖战，战斗已进入尾声。他没想到，今天会这么惨烈，惨烈到他只剩了一个贴身士卫、一架战车和一个兵丁。对方呢？虽然也折戟沉沙，死伤无数，但她还有足够的兵马，并且已经困住他的城池。

失败的阴影向他袭来。他擦拭着苍老的额头，却没有一滴汗水。

战争是从午后开始的。他是路过，本无心进入战斗，却经不住对方女将的挑衅。战就战，谁怕谁？

开战之初，他想快刀斩乱麻地结束战斗，他肆无忌惮地排兵布阵：中间架起的大炮，直指对方中军大营，烽烟燃起，在两翼发起猛烈进攻；战马长驱直入如进无人之地，铁蹄清脆地踩踏对方的军卒；

给良心打个补丁

他的战车在对方的地盘上肆意纵横，让对方容颜失色。他抚摸着下巴上的短髭，飘飘然间却捋出五绺长髯的感觉，局面大好，他真想发出一连串震荡寰宇的长笑。

战局瞬间急转直下，他的一架疯狂的战车被对方斜刺里冲出的战马踏翻。他猛拍额头，怒发冲冠地调集兵力围堵这匹战马。不想，他盛怒的后果，却是再次给了对方机会，对方轻易地灭掉了他的一门火炮，要知道他还想倚重这门炮的威力发挥个淋漓尽致呢。

元气顿时大伤。他后悔起来，不该那么冲动和得意。冷静，一定要冷静。他暗暗叮嘱自己。一时间，他像高僧入定，四野空旷，如在梦里，没有了马嘶，却仿佛听见了羊的咩叫。

他谨小慎微起来，尽管她在她兵马的后面羞辱他："怎么突然像个老娘们了？你的豪气呢？"

激将法。

他是不会上当的。他一根根地扯动着短髭，让自己疼，让自己清醒。在调动一兵一卒之前都要仔细侦查了周围环境，预测了敌方的未来动向才开始行动。

他偷偷地望望她松弛的脸颊上曾经非常好看的俏鼻子。那些年，无论寒暑，战争进行到胶着状态，那小鼻子上就沁出细细汗珠。如今没有了。岁月替她擦干了。岁月啊！他感慨一声，抿着嘴巴笑了，露出缺成豁洞的牙齿。

他们第一次交锋时，他正血气方刚无人能敌，而那时的她是传说中名震四方勇夺三军的女豪杰。年轻气盛，刚一交手，双方就针锋相对，远攻近伐。他暗暗吸口冷气，由衷地生出敬意，果然名不虚传。隔着楚河，他闻到了香甜的奶香。他鼓足勇气，抬头往对面张望了一眼，目光刚爬到布满奶渍的胸脯上就被弹回来，心慌意乱了好久。这时，传来孩子哇哇的哭声，她依然稳坐。她翻着白眼的婆婆把号啕的孩子交到她手上，她无所顾忌地撩起衣袍露出胸脯，一边把紫红的奶头塞进孩子口里，一边继续调兵遣将。

刀光剑影，硝烟弥漫，每一次冲锋都会金鼓齐鸣，每一场拼杀都要争出输赢。时间一年年过去，谁还记得他俩交锋了多少次，搏杀了多少回？他清楚地看到她额头先是添了皱纹，又添了白发。他看不见自己容颜的变化，只感觉指挥三军的手不知什么时候，有些微微颤抖了。

只有她，才是他真正的对手。也只有他，才是她旗鼓相当的对头。

黑云压城城欲摧。山穷水尽了吗？今天他还能化解掉这重重的危机吗？他不想举手投降，也不甘束手被擒，可她已经把刀架在了他的脖子上。万般无奈，他想移动一下帅位，手还没动，已瞥见她后面的炮早已提前虎视眈眈地瞄准着他想去的位置。

"奶奶，回家吃饭吧！"关键时刻，一个银铃般的声音挽救了他。

他趁机推乱棋盘："天黑了，天黑了！"

"你呀，不乖乖认输，又耍滑头！"

"哪里就输？我哪里会输？要不再大战一盘？"他嘿嘿地笑着，手扶棋盘站起来，两只可怜兮兮的羊立刻过来蹭他的腿。

"呀，还没去放羊呢，天就黑了。"他叹一声，又捉起孩子一只嫩藕般的手臂说："张王福宝，我教你下象棋吧！"

张王福宝撇撇嘴："我才不稀罕呢，我还要在电脑上打游戏呢，打枪战，我都是黄金战神了！"

"明天见，明天咱们再战！"她牵起孙子的手。

"明天见！"

给良心打个补丁

他挥挥手,却茫然了,不知是回家,还是该带着饥肠辘辘的羊走向正被暮色吞噬的田野。

工　钱

世事因果,不可欺心,冥冥之中,今天我不是来做交易,更像是来还债,利滚利地来偿还祖上欠下的工钱。

我姥爷在邱家大院扛活,第五个年头上,老东家驾鹤西去了。

老东家待他不错,老东家和他同餐共饮不说,喝粥时还把稠的都盛给姥爷,说干活的爱饿,不吃饱哪行。姥爷那时年轻,有的是力气,干活快得一阵风。老东家就喜欢他,晚上收了工,会叫上我姥爷去他家客厅喝茶。

老东家家大业大,却舍不得吃舍不得穿,只有一项舍得,就是品茶。自己品,也给下人品。往茶壶里倒进开水,茶香便随着热气氤氲。东家就问,什么茶?姥爷没白跟着东家喝几年的茶,屏住气,用鼻子吸溜,然后说,大红袍。或说是普洱,熟的。老东家就笑眯眯地点点头,很满意地在挂满字画的屋子里踱步,然后站到红木装框的四条屏前,黑亮的眼睛久久凝视。这是东家的挚爱,是他特意托人在京城请人画来的。老东家虽是土财主,却有这份雅兴,品茗,读画。

老东家身子骨很健朗,可说走就走了。麻秆似的少东家接管了家务,却只顾抽烟喝酒,其他概不过问。

北风冷了,地里场里干净了,姥爷要结账回家。

少东家纤细的手放下怀中的烟枪,黑豆粒似的两颗眼珠盯住姥爷说,老四,要回家了?

姥爷点点头。

黑豆粒从姥爷脸上滑落下来,缓缓地说,你也知道,今年粮价不好,咱家粮食还没卖。

是的,今年粮食丰收,家家户户仓满囤流。

少东家说,要不,我把工钱合成粮食,你背回家?

姥爷想了想,自己家有几亩薄地,赶上今年的年景,也是够吃的,就说,不了东家,您有钱就给,不方便以后再说。

少东家说,好,那就明年一起算吧。

第二年,姥爷又在东家的地里辛苦一年。秋后算账时,少东家拃挲着两只细手说,看看,今年地里绝收,你说咋办?

今年雨水少,粮食比往年打的少,但也不是绝收啊。少东家既然这样说,姥爷就明白了。姥爷说,少东家,您家大业大,骡马成群,再困难也不能少扛活人的钱。

少东家一下从太师椅上蹿起来,指着姥爷的鼻子,我说不给了?我说少给了?

那就给吧。姥爷说。

可眼下没钱,也没粮食。去年给粮食你不要,今年你想要,还没有了呢。

少东家,我今年再不能空手回家啊!

那你说咋办?这样吧,别说我赖账,你看这屋里什么值钱,你就拿什么。

姥爷头都没抬,动都没动。

快拿吧,今天你不拿,明天账就算清了。

给良心打个补丁

姥爷这才抬起头来，姥爷对这间客厅太熟悉了，除了桌子就是椅子，两只花瓶，再就是一套上好的景德镇茶具，下面配黄花梨的托盘。姥爷说，那我要这茶壶和茶碗吧。少东家说，你把这弄去，想渴死我呀？

姥爷说，那我总不能搬桌椅回去吧？少东家说，你倒想，你弄去了，再来客人坐地上啊？

那还有什么？

桌子上还有一座洋钟，墙上还有老东家喜欢的字画。除了这，再没别的。洋钟是没有用的，自己看时辰从来都是看地上的影子。姥爷看了看墙上的四条屏，他欣赏不了那画儿，在他眼里，还不如杨柳青的年画鲜艳喜兴。老东家啊，您是好人，可到少东家这儿，咋就这样了呢？他鼻子一酸，这是老东家喜欢的，算是个念想吧。姥爷一指，我就要这个吧。少东家手一挥，摘走，账清！

姥爷扛着四条屏回家，成了人们数落他半生的笑柄，十里八村都知道姥爷比傻子还要傻，两年的工钱呐，只换回四张装在木框里的纸，不顶吃不顶喝。

后来姥爷和姥姥有了孩子，就是我母亲。我母亲到了出嫁的年龄，清贫的姥爷只有把四条屏和三尺花布给母亲当陪嫁。好在父亲家里也穷，没嫌弃母亲百无一用的陪嫁。后来，母亲生了我。我呢，大学毕业，一晃在这个城市工作二十多年了。

在朋友的怂恿下，我征得母亲的同意，扛着四条屏参加了中央电视台的寻宝节目，几位专家用放大镜照了又照，最后一个灰白头发非常谨慎地说，真迹，绝对真迹！这是汪慎生、汤定之、齐白石、黄宾虹的真迹啊，名家荟萃，价值当在几百万元之上！

这就发财了？从寻宝会上回来，我一直晕晕乎乎的，像在梦中。

有人敲门,是位文物商贾打听到我,要收购四条屏。我本不想卖,可儿子大了,父母老了,用钱的地方多,就卖吧。买家仔细观察着画幅,突然,屏后木板上几个墨字让他吃惊地问,您这东西是哪来的?

祖传的。我故意摆出一副世家子弟的模样。

买家退后半步,府上也姓邱?

看他认真,我先说了一句,感谢我的姥爷,然后道出这东西的来历。

他黑漆漆的眼睛呆愣半晌,慨叹一声:屏后写着"邱鸿胪品玩",这是我曾祖的名讳,就是您说的老东家。也就是说这东西原本是我祖上的。世事因果,不可欺心,冥冥之中,今天我不是来做交易,更像是来还债,利滚利地来偿还祖上欠下的工钱。

七星龟

夏艳的眼泪大颗大颗地流下来,抽噎抽噎地说,我是怕有人拿假钱欺骗瞎老伯,也是怕越来越稀少的七星龟上了别人的餐桌。

城外的柳溪出产一种乌龟,叫七星龟。

柳诚走上工作岗位没多久,他就恋爱了。他爱上了同单位的夏艳。

周末,他们一同出去逛街,吃饭。天气已经凉起来,走在街上,微风徐来,舒心惬意。他俩沿着护城河走,街边的一个老者的喊叫,让夏艳又回转去。老者脚边放只竹篓,篓里估计就是老者喊卖的七星龟吧。柳诚见了老者,退后两步,愣了愣,才又站到他的跟前。

夏艳问,您这乌龟卖多少钱?老者眨着空洞的眼睛说,你给

给良心打个补丁

300吧。

夏艳说，便宜点，卖给我吧。老者说，便宜不了，不是你撞见，就是再多的钱也买不到的啊。老者此话不虚。七星龟，因龟壳上长有七颗红色斑点得名，它在民间验方里历来是大补。不过七星龟越来越稀少了。柳诚清楚地记得，有个乡医跟父亲说，七星龟炖川贝、莲子，连吃七只，能治他的虚寒气喘。

夏艳蹲下去，仔细看了乌龟背上的七颗红点，说，好，我买下了。说完，却朝柳诚说，行善积德，快快掏钱！

柳诚掏出钱包，从薄薄的钱币里，数出300元，递给夏艳。夏艳说，您数好，这是两张一百元一张的，一张五十一张的，其余是十元一张的……

老者用手摸索着钱币，一张一张地摸了，又一张一张揉搓出声响来，才放心地揣进衣兜，然后又在外面拍了拍。夏艳说，我送您一段吗？

老者说，不用，我路线熟，认识路的，我前面走300米，就可以坐到公交车的。说完，怕夏艳不相信似的，忙着迈开大步走起来。还真是的，从后面看，根本看不出是盲人在走路。

夏艳收回目光，说，咱俩把乌龟放生吧。

柳诚犹豫了下，他想到了父亲，脑海里浮现出父亲咳嗽的画面。但柳诚还是爽快地说，好的。

下个周末，夏艳和柳诚在街上又看到那位盲者叫卖七星龟。夏艳又让柳诚买下七星龟，然后两个人又去城外放生。

半月后，夏艳和柳诚又看到了那位盲者，老人却是在卖泥鳅。夏艳问，怎么不卖七星龟了？老人说，天气冷了，乌龟不好逮，再说逮上来的未必就是七星龟。夏艳问，您是怎么逮乌龟的？老者说，我一个瞎子怎么能逮啊，是我的一位好伙伴逮的，他负责逮，我负责卖。也亏了他，这么冷的天，他还站在齐腰深的水里。姑娘，买泥鳅吧？便宜给你。

柳诚回家去看望跛腿的父亲，父亲不停地咳嗽，停住咳嗽，就端着两个瘦削的肩膀急促地喘息。柳诚说，爸，你要吃药啊。父亲摆摆手说，这些年没少吃药，不管事儿的。柳诚说，那就吃偏方呗，我看见瞎福叔去城里卖七星龟了，他再逮到，您就买了当药引子，加川贝、莲子炖。父亲的眼睛一亮，看见你瞎子叔卖龟了？咳咳，那几只龟都是我逮的，我怕走路，就让他拿去卖，谁知竟能卖好价钱呢。我还想，既然这么好卖，在入冬前，一定再多逮几只，多攒些钱，为你能在城里早买房娶妻做点贡献。哪知，这锥子似的水，刺得老子又咳又喘……

柳诚惊呆了，原来他买下放生的七星龟，竟然是父亲在冰冷的溪水里捕捉的。柳诚紧紧拉住父亲，，眼泪滴在父亲粗糙的手背上。父亲拍拍他的后背，好孩子，知道心疼爸爸了。

回去后，柳诚和夏艳说，我们分手吧。夏艳愣了半天，说，为什么？柳诚说卖龟的人是父亲的好友，而捕龟的是他畏寒却站到齐腰深的冷水里的父亲。而她，竟然嘴唇上下一碰，他就掏钱买下并且放生了。

夏艳的眼泪大颗大颗地流下来，好不容易止住了，才抽噎抽噎地说，我是怕有人拿假钱欺骗瞎老伯，也是怕越来越稀少的七星龟上了别人的餐桌。柳诚一听，忙搂紧了夏艳的肩膀。夏艳反倒哭得一塌糊涂起来：花你的钱心疼是吧，那我的钱呢？我的工资还不是都存着给没良心的人买房用吗？谁让我心甘情愿跟着这个一穷二白的人呢？

给良心打个补丁

一对小夫妻住进他们首付买下的楼房时，从乡下接来他们跛脚的父亲，而父亲像孩子在伙伴们面前炫耀心仪的玩具一样，领来几个好友来看儿子的新房。其中一个盲眼的老者，来过一次后，第二次竟能自己摸索着找来，脚步稳健地爬上楼，给他们送来带着露珠的青菜。

在唐诗中割麦

旅游车卷着黄土开走了。车开出很远，老王攥着钱的手还使劲挥舞，耳畔还回响着女儿吟诵的好听的唐诗，和唐诗中沙沙的割麦声。

村长老王在地里转了一圈，看到北坡上相隔不远的两块麦田开始泛黄，心里便火烧火燎。这两块地每年的收种都比别家晚，并且还都是老王费心操持，一块是五保户高奶奶的，一块是残疾人老朱的。

老王回到家，给在城里上班的女儿小菊打电话，让她星期天回来帮这两户人家割麦。女儿不肯，说她们旅行社最近太忙了，忙得屁股都没坐过椅子。老王说，抢收还要抢种，再忙你也要回来，不然爹就自己去收麦，累死也要去。说完不给女儿再说话的机会，啪地挂断电话。

一会儿，女儿打回电话说，爸，我星期天组织些人回去割麦，但您要答应我个条件。老王说，只要你回来割麦，100个条件我都答应。

那好，您准备50把镰刀，50顶崭新的草帽。老王说，镰刀可以去每家借，可草帽要买呀。

第一辑　麦粒金黄

女儿说，您买吧，到时候我给钱。一顶草帽好几块钱呢。老王本想不答应，可想到金黄了的麦子，只有点头。

老王说，这么多人，来了吃什么？小菊说，让娘多贴几锅玉米面饼子，火候掌握到焦脆，再挑些野菜，洗净，蘸大酱就行。

星期天，老王一早来北坡等候。八点过去了，人没来。九点过去了，人还没来。

老王心里急起来，斜眼看看越来越热的太阳，往手心猛啐两口唾沫，抄起镰刀，咔咔地割起来。

这时，一辆豪华大巴车卷着黄土由远而近，停在了坡边。老王直起腰看，车门打开，下来女儿小菊。一看女儿，老王鼻子快气歪了，这是来割麦的吗？一身黑色西装套裙，扎着粉红的领结，手里还提着一个电喇叭。紧接着又下来了一大帮城里的青年，有说有笑。小菊拿着电喇叭说道：我们从小就学过"锄禾日当午，汗滴禾下土"的诗句，但却没有真正接触过农活，今天大家就亲自体验，自由组合，分成两组，一块麦田算一组，咱们来个友谊割麦比赛！

好啊。青年们沸腾起来，摩拳擦掌，你追我赶地割起麦子来。小菊没有割，依旧对着电喇叭说，唐代诗人白居易有首著名的《观刈麦》，诗中说道："田家少闲月，五月人倍忙。夜来南风起，小麦覆陇黄……"

一会儿，小菊对老王说，爹，你回去安排把中饭送来吧。老王应着，赶紧回村。看老伴正贴饼子，自己就去挑野菜，又想想来的这帮细皮嫩肉，就自作主张买来十斤五花肉炖了。

饭送到地头，麦子已经割完，小菊正领着青年们拾麦穗。老王心里高兴，大喊：开饭喽！青年们呼啦一下围上来，把玉米饼子和野菜大酱吃个精光，炖的五花肉却没谁动一筷子。

给良心打个补丁

小菊又拿起电喇叭说，收完麦子的土地，接下来就会灌溉、耕种，种上玉米或大豆，三个多月后，又是一片丰收的景象……

青年们雀跃，说秋收时一定要组织我们再来哟！小菊说，好，好，大家上车吧，每个人可以拿走一把麦穗，带走你们头上的草帽，当作此次丰收一日游的纪念。

人们都上了车，小菊掏出一沓钱，递给爹。老王说，你发的工资？

小菊说，不，是给咱割麦的钱。

啥？来给咱帮忙，倒还给咱钱？

那天您打完电话我向经理请假，经理不允，我灵机一动，说咱组织个体验丰收一日游吧，既能帮忙割麦子，还可以创收。开始我还担心不会有人来，哪知广告一打出去，来交钱报名的人排成队。这钱是经理让给您，已经扣去了我们旅行社的费用。

老王眼睛眯到了一起，说，咱不收钱都可以，秋上给多多地拉几车人来吧，就不让在外面打工的回来收秋了。小菊笑笑：什么都靠个新鲜，到时候再看吧。

旅游车卷着黄土开走了。车开出很远，老王攥着钱的手还使劲挥舞，耳畔还回响着女儿吟诵的好听的唐诗，和唐诗中沙沙的割麦声。

第二辑　灯火通明的小巷

　　老街巷的深处，还藏着我们童年的身影或者童年怪怪的念头吗？尽管那是幼稚的，但是童真的；尽管多是可笑的，却是无邪的。从童年一路走来，有欢歌，有笑语，甚至还有不经意间的脚步曲斜，但最终会走向光亮。人之初，请允许以单纯的目光打量这个世界！成长，磨砺，再一步步地走向成熟……

我爱北京天安门

我今天真高兴，接下来的几天，请允许我专心陪伴老父亲，和他去天安门上唱响老人家心中最美的歌……

多年前，一首歌红极一时，就是《我爱北京天安门》。在偏远的山区，一个少年，怀着崇高的敬意，萌生了去祖国首都的想法，他要去天安门，去每天做梦都会梦到的天安门，去见金碧辉煌的城楼上挥手的伟大领袖。于是，他刻苦学习，争做好事，终于成为优秀红小兵，并且他将作为市里的唯一代表，去北京参加全国优秀红小兵的会议，这个好消息让他高兴得寝食不安。然而，后来却没了音信。再后来，才知道，这个名额被市里的孩子顶了去。

他沮丧到极点。老师说，是金子总会发光，太阳不会总被乌云遮住，努力吧，只要你优秀到无与伦比，就没有人可以替代你。

他记下了这句话，做事更加刻苦认真。

"那少年是你吗，经理？"听他讲话的员工插嘴。

他年轻的脸笑笑，听我继续讲。

他虽然失去了第一次去天安门的机会，却没有消沉。每当他松懈的时候，一唱起《我爱北京天安门》这首歌，都会让他充满了力量。

后来，家里的顶梁柱倒了，他的还在壮年的父亲突然瘫痪在床，贫困一下子折断他理想的翅膀，他选择离开学校，去支撑起家庭。虽然每天山下耕种，山上砍柴，但怀揣梦想的他，每天坚持自学。几年后，他参加高考，终于考中了北京的一所重点大学。

"经理，这个人一定是你。不过你们那里好闭塞好落后，你竟然是听着父辈年代的歌儿长大。"又有员工说。

他笑笑，还是没有回答，接着往下讲。

去上大学前，一场突如其来的山火再次改变了他的命运。山火烧光了几座山上的植物，也让勇敢扑救山火的他在医院躺了大半年，大学梦破碎了不说，最后落下腿部残疾，面目也被烈火炙烤得有些扭曲。望着镜子里狰狞的自己，他绝望了，他跛着脚几乎爬了整整一天，才到达山顶。站在绝崖边，他想像自己将怎样象鸟儿一样飞翔。这时清风吹来，一股旋律一下子从心底响起，那是饱含他梦想的歌曲，那也是他还没有实现的梦想。他大哭一场，连滚带爬地下山来,他横了一条心,今生今世一定要去自己的首都,要看到天安门!

他拖着一条跛腿,辛勤度日,他和大多数人一样,娶妻生子,生活的压力使他缺去了往日的什么锐气。后来儿子大了,他一门心思地辅导儿子的功课。儿子长得很可爱,有人问他,长大去干什么?儿子会大声地回答,去北京,去看天安门!也难怪,儿子从小就听爸爸哼唱一首歌,稍大些就知道爸爸有一个总也没能实现的梦想。儿子憋着一口气,一定到北京去读书,一定在北京工作,一定把父亲接来看天安门。

儿子很争气,也赶上了好时光。儿子要去读大学了,他央求父亲送他到北京的大学报到。他摇摇头说,你的想法我知道,但我刚包下荒山,哪里走的开?你是男子汉,你自己会行的。孩子,你先在天安门前照个相给爸爸寄来,总有一天,我会亲眼看到天安门的!

再后来,儿子大学毕业了,留在了北京一家公司,几年后,在领导和同事们的关心提携下,当上了业务经理。他多次要接父亲来北京,父亲却一口回绝。儿子就央求爸爸,说,以前不能来是生活困难,现在吃住不愁,该来了。父亲说,儿子,你是知道的,爸爸从小的梦想就是看天安门。我虽然有点残疾,但我想自食其力去北京,去天安门!

"我知道了,"说到这里,又有员工插话进来说,"那人是您的父亲!"

是的,他眼里噙着泪点点头,是我倔强固执的父亲。因为常年绿化荒山而当选上劳模的他,每次通话他都豪气十足地说,山上现在已是满目青翠了,等满山的树木长大,卖了钱,就来北京。

那还要等多少年啊？有员工嘀咕。

是啊，我也这么说，可他就是那么执拗。昨天，就在昨天，我的父亲打来电话，他声音颤抖地说他马上就来北京，来天安门了！

"树这么快就长大了？"

是政府组织劳模们来北京参观旅游的！

一片掌声。

我今天真高兴，所以和大家倾诉一下心里话，接下来的几天，请允许我专心陪伴老父亲，和他去天安门上唱响老人家心中最美的歌，工作上就请大家多辛苦了！

好的，部门副经理站起来，"我提议，为老人家终于圆梦，我们一起唱这首老歌来欢迎他的到来好吗？"

"好！"

"好！"

"好——"

承载了两代人梦想的歌声瞬间在办公室回旋：

"我爱北京天安门

天安门上太阳升……"

灯火通明的小巷

大头是他们的孩子，是小巷的孩子，小巷永远是温暖的，灯火通明的清风巷啊……

大头把清风巷搅浑了，连风都不再是清风了！三爹愤愤地说。

是啊。是啊。老邻居们都附和着说。

该管教管教这小子了，不然对不起他死去的爹妈。

是的，是该管教了，自从大头出了校门，就像一匹脱了缰的野马，这清风巷就没消停过。大头常常带了乌七八糟的朋友，夜晚聚到清风巷，又唱又跳，闹个通宵，搅扰四邻。清风巷自古静谧祥和，相传蘅塘退士孙洙居官县令时择居在此，白天衙门理政，晚间编纂《唐诗三百首》，图的就是安静。

怎么管？三爹虽是这样说，可心里依然没个谱。大家都是看着大头长大的，父亲矿难，母亲绝症，留下这么个苦瓜，这些年不就是东家一把米西家一件衣地拉扯大的吗？大头大了，泛着青光的大脑袋新添了刀疤，看了不由让人打个哆嗦，已不是小时候谁见了都想抚摸一把的可爱的大圆脑袋了。三爹找去理论，大头垂着头没说啥，可那帮狐朋狗友们却白眼直翻。第二天早起，三爹门上被涂满了狗屎。三爹火冒三丈，却被老伴拉住，忍一口气吧，可别再招惹小兔崽子们，这些愣头青，躲还来不及呢。

吵扰不说，每家院子里又开始丢东西。三爹又骂，兔子还不吃窝边草，兔崽子变成狼崽子，偷到自家巷子里了。三爹又要找了去，老伴忙拦下，你老了，忍一步吧，不招惹他们，多防范就是了。于是，小巷内每家每户都养起了狗。街头巷口见到大头，都侧个身，像避瘟神一样。年轻的嫂子们还会对着大头的背影骂上一句，早晚让法院逮了去！

小巷里突然安静了下来。邻居们奔走相告，大头进去了！大头进去了！呵呵，大头真被逮了去！晚饭的时候，小巷里飘荡出各种诱人的菜香。陌生人走来了，会提提鼻子，在心里纳闷，这是什么节日啊？

给良心打个补丁

没过三年，大头出来了。

大头回到了清风巷。人们心里都是一紧。

然而，清风巷却依然安静。慢慢地，邻居们都知道了大头的情况，大头在改造的林场里立了功，回来后在附近的一家按摩医院上班，是政府给帮助安排的。大头每天清早从家里出发，直到每晚九点钟以后才回来，街坊们会悄悄地站在远处望着大头的身影呆呆愣上一会儿神。

从此，每天三爹会起得很早，拿把大扫帚，从巷子这头唰唰地扫到那头，扫得很仔细，没有一丁点儿的砖头瓦块。三爹放了扫帚，洗完手脸，才会听到大头轻轻地推开他家的铁门，在新扫的地上踏踏踏地走过。三爹脸上就露了笑容。晚上的小巷历来是一片漆黑。巷子太窄，装不下路灯。巷子里的老住户们也都熟悉了这漆黑，也对巷子里的每一块地砖都了如指掌。不过，自从大头回来后，每晚九点之前，家家户户的门灯会依次亮起来，小巷里灯火通明。在大头踏踏踏地走过之后，每户的门灯再依次熄灭。

终于，大头知道了这个秘密，敲开巷子里每一家的门，说着差不多相同的话：晚上不要再开门灯了，开了对我也不起作用。谢谢你们了，谢谢爷爷奶奶伯伯婶婶！

听了大头的话，三爹的泪在眼窝里转了半天，还是流了下来。是的，大头在劳改的林场扑救山火时，失去了光明，现在他走在小巷里是分不清白天黑夜的。大伙儿都答应着大头，但小巷每晚依然亮如白昼，三爹和邻居固执地认为，有了灯光，大头的脚步就能更稳健一些。

大头是他们的孩子，是小巷的孩子，小巷永远是温暖的，灯火通明的清风巷啊……

第二辑　灯火通明的小巷

爱我你就抱抱我

小美说，妈妈，我不要东西，只要像别的孩子那样每天有爸爸妈妈。妈妈，你真的还爱我吗？爱我你就亲亲我；爱我，你就抱抱我！

小美总把妈妈给买的玩具熊当成妈妈，抱得紧紧的。晚上睡觉时，小美又把自己当成妈妈，把玩具熊当成自己，搂得紧紧的。妈妈咋还不回来呢？小美想妈妈的时候，就问奶奶。

奶奶叹口气，妈妈离我们好远，来一趟要坐一天一夜的火车。

小美不理解奶奶说的，不就是坐上火车，然后走一天一夜吗？这么简单的事，妈妈硬是三年没回家！小美都忘记了妈妈的模样，小美心急火燎地想见到妈妈。

坐上火车，走一天一夜，就见到妈妈了。

坐上火车，走一天一夜，就见到妈妈了。

坐上火车，走一天一夜，就见到妈妈了。

第二天早上，奶奶才开门，她就偷偷跑出来。

坐上去县城的汽车，售票员以为我是哪个大人带的孩子，也没多看我一眼。我在县城又坐上去火车站的汽车。我认识汽车前面牌子上的"火车"两个字，就上了车。

火车站好多人啊。小美掉进人海里，一时手足无措。后来见大包小包的人们都进到候车室，她也想进去。检票员拦住她，你是坐去哪里的车，你的票呢？

给良心打个补丁

小美才知道，坐火车原来要买火车票的，并且不是随便坐上火车就会找到妈妈。

小美一下傻在那儿。

你叫什么名字？去哪里呀？一个到处转悠的中年女人盯住了她。

小美说，我要去找妈妈。

中年女人把她领到一边，说，你妈妈是在外面打工吧？

是的。小美说。

女人弯下腰来，端详着小美红苹果似的脸蛋，你跟我来，有人带你去找妈妈。

你叫小美吧？一个漂亮阿姨和蔼地问我。

你怎么知道我的名字，你不是我妈妈吧？我很奇怪。

呵呵，阿姨笑了，是你妈妈告诉我的，我和她是好朋友，在一起上班。你从家里跑出来找妈妈的，是吧？

我点点头。

阿姨说，我送你回家，别让奶奶着急了。

不，我要跟你一起去找妈妈！

你还没吃饭吧？咱先一起去吃饭！

我第一次走进电视里城市孩子经常去的快餐店。看来阿姨真是妈妈的好朋友，她一下给我买了一大堆鸡腿啊汉堡的，还有一大杯饮料，喝一口，冰冰凉。

阿姨好喜欢我，等我吃完了，亲热地过来抱住我，还在我的脸上亲了口。我仿佛看到了妈妈的影子。阿姨说，咱们明天再走，还有一个小弟弟，也是去找妈妈的。

我想了想，好吧。阿姨是好人，就听她的。

第二天，小美没能坐上火车。

第二辑 灯火通明的小巷

她问阿姨，咱怎么还不走啊？

阿姨说，你想不想见到妈妈？

小美说想啊。

你奶奶怕是正在汽车站、火车站到处找你，会捉你回家呢。你回了家还怎么见妈妈？过了这两天咱再走。

小美心里很着急，想奶奶一定也很着急，不过小美更想见到妈妈。

我、阿姨和一个小弟弟终于坐上火车了。我是第一次坐火车，看车窗外的树啊房子都刷刷地往后躲，开心极了。从早上，一直坐到天黑，还没到地方。小弟弟见天黑了，就哭哭啼啼的，真是不懂事的孩子。我乖，我不哭，阿姨好心带我们去找妈妈，你还能让阿姨生气？果然，阿姨拉长了脸，说你再不乖就不带你去找妈妈了。不想这么一说，小弟弟的哭声更大了。阿姨吓唬他说，再哭，警察来捉你了！

工夫不大，一个鹰眼的警察叔叔就真的站在了我们面前。谁让你大声哭呢，活该！

爸爸风尘仆仆地来了，哭着将小美抱在怀里，小美丢失的第二天，他从很远的什么哨所赶回来的。小美也终于见到了妈妈，妈妈提着大包小包，喊着小美的名字说，看，妈妈给你带来了好多好吃的。

妈妈责问爸爸，你愿意当老兵我拦不住，可为什么不照看好孩子？当初你非要抚养孩子，可你爱过孩子吗？如果不是让警察给找回来，你会不会痛苦一辈子？

妈妈又对小美说，你很想妈妈是吧？妈妈也想你。

小美闻到一股淡淡的馨香，是妈妈的味道。小美说，妈妈，你

给良心打个补丁

能不能不去打工了?

妈妈说,小美,有些事等你长大才能知道。好孩子,你好好跟奶奶在家,大了再去找妈妈。快跟妈妈说想要什么,妈妈有钱,你要什么妈都给。

妈妈的话像钩子,钩得小美的眼泪哗哗地流。小美擦了眼角的泪,可泪水还是像珠子一样随意地滚出来。

妈妈也哭了,说,妈妈真的很爱你,快说想要什么?

小美说,妈妈,我不要东西,只想像别的孩子那样每天有爸爸妈妈。妈妈,你真的还爱我吗?爱我你就亲亲我;爱我,你就抱抱我!

多年以后,一个被风沙熏染得黝黑的汉子,穿着卸去领花肩章的军便装,他陌生地站在我面前,紧紧地抱住我时,我才明白,他爱我,他更爱他的祖国,他骆驼草般把自己和青春钉在戈壁滩的哨所,而失去了很多很多……

山歌好比春江水

青年的车缓缓地经过呆愣愣的汉子身边时,青年双眼湿润地朝汉子挥手。车里的CD机也正播放着一首悦耳的歌,那是他再熟悉不过的曲调——

"唱山歌来

这边唱来那边合

那边合

山歌好比春江水嘞

不怕滩险弯又多……"

那汉子在街边小广场上，放开了音响。一曲歌罢，汉子拿起麦克风，刚说了一句，各位父老……

围观的人一下散去大半，人们见多了这样行走江湖的，接下来不是讨钱就是售物。

汉子急急忙忙地说，大家不要走，我是来寻亲的。

我的儿子，我唯一的儿子在15年前走失。这些年来，我走遍了大江南北，天山内外，从一个青壮年，变成了满头白发人，可我的儿子一直了无音信。我的家乡在一条河的旁边，我很喜欢这首《山歌好比春江水》，我的儿子也从小喜欢听这首歌，每当他哭闹的时候，只要听到这首歌，他就会安静下来。儿子丢了，虽然不知道他流落在哪里，但我每晚都要为他唱这首歌，希望他能平安入睡，身体健康。我每到一处，这首歌就在那里响起，我多么希望我的儿子能够听到我的演唱，能顺着歌声找到我。15年来，我边打工边找寻儿子，茫茫人海，毕竟我自己的力量有限，下面我把我儿子小时的照片和特征资料分发给大家，恳请大家协助查找。

有人问，你儿子走丢时多大？

11岁。他哭着吵着要买学习机，要好几百呢，我没给，还打了他。

你为什么打他啊？

日子艰难啊，山里的一分钱恨不得掰成几瓣用。

那你现在不艰难了？

天底下没有后悔药啊，孩子他妈去找孩子也一去不回。汉子仰天长叹。

或许每天需要同情的事太多了，人们很快散去，又一拨人围拢来。

烈日当头，汉子痴心不改地一遍遍播放歌曲，一遍遍向路人介绍：

给良心打个补丁

我的儿子程建林，走丢时11岁，如今有26了。

你是哪里的？又有人问。

汉子答了。

哦，那地方我去过，风景不错，有条大河，就是穷了点。

汉子点着头，忙把儿子的资料递上一份，我儿子有特点，我们都是小拇指几乎和无名指一样长。

那你儿子现在走到你跟前来，你会认出吗？

汉子点点头又迟疑地摇摇头，摇完头又点点头。

一个青年凑上前说，我小名叫林，我是从小被人贩子卖到这里来的。

汉子忙拉过青年，仔细打量。

青年说，我小时候也听过这支歌，也很喜欢听这支歌。

汉子察看青年的手指，和汉子的不一样。汉子依然满怀希望地问，你记得门前有条河吗？

青年摇摇头，说没有河。

记得河那边的山吗？

青年说，是大平原吧，没有山。

汉子失望地摇了摇头。

青年说，您就把我当您的儿子吧，我多想找到自己的亲人。

汉子感激地抱住青年说，谢谢你。

一个女青年说，我有个表哥是收养的，他的手指和您的差不多长。

是吗？汉子眼里顿时冒出火花：快带我去！

旁边一个站立很久的青年说，你还是回家好好过日子吧，找不到的。

汉子说，有一丝希望，我都努力寻找。

青年扶了扶眼镜，说，你家的山上长满了矮矮的树，都是不能成材的。

汉子说，是，所以穷。

门前的那条河很清。

是，我们就吃河里的水。

人们上山连鞋子都舍不得穿，却舍得脚。

脚磨破了可以长好，鞋坏了不能。

青年说，您还是回去吧，别再奔波了，回家安心过日子。

汉子说，不，我一定要找到儿子。

青年说，您儿子现在应该生活得很好，不用你牵挂。倒是您该保重自己，头上这么多白发了。

汉子说，我一定带儿子回家。

青年说，您思念儿子可以理解，可真的找到了，您愿意儿子放弃城市生活，跟您回山里一起砍柴种田？

汉子说，他肯定是被人拐卖了。

是的，可他被人拐卖到城市了，比在山里幸福。

汉子一时无语。青年说，您还是回家吧，他也大了，会照顾好自己，他过惯了城市生活，并且他现在的养父母能给予他很多。

青年转身走向旁边银行门前的一辆黑色轿车，拿来一个方正厚实的纸包，走回到汉子身边，说，不用再奔波了，回家吧。送给您，等我走了再看。您儿子现在真的很好，他城市里的养父母比你们一个村甚至一个镇的人都有钱。

青年的车缓缓地经过呆愣愣的汉子身边时，青年双眼湿润地朝汉子挥手。车里的CD机也正播放着一首悦耳的歌，那是他再熟悉不过的曲调：

给良心打个补丁

"唱山歌来

这边唱来那边合

那边合

山歌好比春江水哟

不怕滩险弯又多喽弯又多……"

牵你左手走一生

车水马龙的街上,我更愿意用我的右手去牵她的左手,我愿意她平安每一天,我要把她看得比我的生命更重要,我要好好地呵护她。

小时候,他在马路边玩耍,蹦啊跳啊。突然,一辆汽车像喝醉了酒似地冲过来,如果不是妈妈手疾眼快推开他,后果不堪设想。他躲过一劫,妈妈却在床上躺了一个多月。从此,妈妈的腿落了残疾,走路时稍微有点跛。从此,妈妈和他一起上街,都用右手湿热地紧紧牵住他。

后来,他上了学,妈妈每天接送,寸步不离,路上车辆多一点,妈妈就喝住他,然后用右手紧紧地攥住他的小手。

后来,他上了中学,妈妈依旧是叮嘱他,要沿马路边走,不要逆行,不要乱跑。

再后来,他去读大学,妈妈叮嘱他,大城市里车更多,妈不能牵你的手过马路了,可你一定要注意安全啊。

他终于在妈妈的提心吊胆中读完了大学。又留在那座城市工作。他想接妈妈一起来住,妈妈却说,等你找个女孩,成了家,妈妈也退休了，我再来。

他真的恋爱了。他和妈妈说，我喜欢上一个女孩。

妈妈说，好，好，要找一个像妈妈一样疼你爱你的人。

他说，是我大学的同学，我参加了工作，她还在读研，以后会比我学历高，工资高。

好，好，只要你满意妈就高兴，妈其实不看重这些，你也不看重这些的，只要人好就好。妈妈这样说完，又好像记起什么，你们一起上街时，她用哪只手拉住你？

他看看自己的左手，又看看右手，想了半天，也没想起来。

过了一段时间，他和那女孩无疾而终。

他又认识了一个女孩，他和妈妈说，这是个漂亮的女孩，和您喜欢的宋祖英像姐妹。

妈妈很高兴，问，她对你好吗？

他说，好，我们感情非常好。

妈妈问了女孩家庭情况，工作情况，最后又问，那你们一起散步时，她用哪只手拉你？

他又想了好半天，依旧没有想起来，怎么又忽略了这个问题呢。

过了段时间，他和这个像宋祖英似的女孩也分手了。

后来，他的爱情里又遇见了几个女孩，也都错过了，因为想起妈妈的叮嘱，他开始注意她们是用哪只手去牵他。

春节回家，妈妈接过他的行囊，拉住他说，妈妈的白发多起来了，该给我找个儿媳妇回来了。

他说，妈妈，我正要告诉您，已经给您找好了。

妈妈说，我不要求她高贵，不要求她美丽，只要求她……

只要求走在马路上，她用右手牵住您儿子的手，是吧？

妈妈笑了，说是。

他说，我真的遇到了这样一个女孩。

妈妈为你高兴，这次你真的找到了一个爱你的人。

他说，妈妈，我终于明白了以前为什么您第一句总问这个问题。您是让我找一个真心爱我疼我的人啊。是的，每次一起出去，她都用右手牵我，我不是一个细心的人，所以都由着她。后来，在马路上，一辆车差点撞到她，紧急关头，她做的第一件事竟是猛地一把推开我，和我小时候那次车撞到您一样。从此，她再用右手牵我，我都拒绝了。车水马龙的街上，我更愿意用我的右手去牵她的左手，我愿意她平安每一天，我要把她看得比我的生命更重要，我要好好呵护她。

妈妈初听时心里一揪，听完了又笑，是啊，遇到适合自己的人，付出比得到更美好。我儿子真正长大了，今后妈妈可以放心了，一辈子都可以放心了，你找到了真正爱你和你爱的人，就用你的右手牢牢地牵她的左手，走到地老天荒吧！

我要蔚蓝的天空

菱子点点头，又摇摇头，眼泪像荷叶里滚落下来的露珠。我知道这是演戏，可那黑烟飘到了蓝天上，我作文里还怎么赞美蔚蓝色的天空啊……

穿过芦苇荡，绕过采蒲台，游船朝荷花淀驶来。淀水悠悠，清风习习，把在岸上等船时的燥热一下吸了去。苇丛中两只水鸭子扑棱棱地拍打着水花飞出来，引得女儿菱子一阵惊叫。

夏说，你可要仔细观察啊，回去一定写出几篇好作文。菱子点点头，大眼睛更专注地捕捉着眼前的景色。

船泊登岸，菱子一蹦一跳，两只小辫子一摇一摆。进入荷花文化苑，菱子的眼就花了，接天蔽日的荷花啊，白的、粉的、白粉相间的、红的、紫的、红粉相间的；荷前都竖了牌子：碗红，晓霞，大紫玉，元妃荷，渥城白莲……菱子太高兴了，一个劲儿地说，真香啊，真美啊。

荷间徜徉，又觉得热起来，菱子悄悄和夏说，我要揪片荷叶，当草帽戴。

夏连忙摆手，说不能揪，你看，那边拿电喇叭的人，正喊着让大家爱护花草呢。再说了，就是没人看着，咱也要自觉啊。

菱子不高兴了，说太阳多大啊，我热呢。

夏说，我给你讲讲咱这大淀吧。咱这大淀方圆足有几百里，水域辽阔，苇美鱼肥，荷香菱鲜，曾引得远在京城的皇帝和大臣们都来游玩。淀里有数不清的芦苇荡，小船进去了，就像走进青纱帐，七横八岔地像迷宫，日本鬼子侵略中国的时候，在这里可没少吃亏，让雁翎队打得屁滚尿流的，好多喂了王八。后来，由于干旱等原因，淀里的水越来越少，苇子枯了，荷花败了，水鸟走了。人们等啊盼啊，又过了好多年，淀里才又有了水，但是从很远的地方千辛万苦引来的。有了水，大淀就活了，芦苇又绿，荷花又香，鱼虾成群，水鸟也都自己飞回来了，这里又重新美起来。你说，来游玩的若每人都揪一片荷叶，后来的人还能欣赏到十里荷香的美景吗？

菱子点点头，脸上露了睛，四周环顾，又抬头望了天空，说，

77

给良心打个补丁

这里的花真的比咱小公园的香，树也比咱门前的绿，天空更是比咱市里的蓝，多蓝啊，这就是蔚蓝色吧。夏说，是啊，所以我们更要爱护这里的环境啊。菱子点点头，把嘴里的口香糖吐出包好，跑去丢进垃圾箱。夏笑了。

沿着游廊，走进荷花深处，菱子喊，爸，我捡了一片荷叶！

是谁丢在地上的。夏说，好，那你顶在头上吧。

荷叶已有些干枯，但菱子还是如获至宝，戴在头上，高兴地摆出几个姿势让夏给拍照。

一个拿电喇叭的走过来，对菱子说，我这么扯着嗓子喊，怎么还揪荷叶呢，罚款！

菱子一下呆住。夏说，不是她揪的。

电喇叭说，那就是你揪的了，你是家长，缴罚款吧。

是别人揪的，我们捡到的。

赫赫，你再给我捡一片看看。电喇叭冷笑两声，边上几个人围上来看热闹。

看来没法儿解释清楚了。夏望着菱子明亮的大眼睛，说，菱子，你先去前面看鱼鹰捉鱼表演吧。

菱子一步三回头地走了。

等夏追上菱子时，菱子问，爸爸，你真的缴了罚款？夏好像很平淡地笑笑，说，没有，真的没有，咱没破坏环境，他不会冤枉好人，再说他也是为的保护荷花。

一条河汊前挤满了人，河汊里正在实景演出。演员都化着妆，真刀真枪拿着，农民打扮头蒙毛巾的是雁翎队，穿着黄呢军装的是日本侵略者。夏说，身临其境，比电影还好看。周围的人说，千篇一律，每天都演。

第二辑 灯火通明的小巷

菱子挤在爸爸身边,更是觉得新鲜,大眼睛看得一眨不眨。先是鬼子开着铁皮军舰追雁翎队,后来雁翎队英勇反击,乘几只小渔船把鬼子的舰艇团团围住,机枪步枪一起响。

虽然是演戏,却非常逼真,枪炮声嘎嘎地震耳,鬼子被打败了,敌船被打得着了火,就腾地一下冒出一大团烟雾。那是点燃了前后甲板上几堆浇了柴油的木柴。

浓重如墨的黑烟快速地翻滚升腾,弥漫在苇绿荷香碧水映衬的天空。

爸,快去灭火!

这是演戏。

爸,你快去灭火!菱子的小拳头捶打着夏。

夏指着涂着绿色油漆的铁船说,着火的是日本船,是咱雁翎队打胜了。

菱子的眼泪打着转儿。

夏俯下身,刮了一下菱子的鼻子说,你不愿意咱们的队伍打胜仗啊,呵呵,你不会是想当小汉奸吧?

菱子点点头,又摇摇头,眼泪像荷叶里滚落下来的露珠:我知道这是演戏,也愿意雁翎队打胜,可那黑烟,黑烟飘到了蓝天上,他们爱护荷花,为什么不爱护天空?我作文里还怎么赞美蔚蓝色的天空啊……

79

别推那扇门

林玲看见客厅的墙上还有一扇紧闭的门，就去开，却怎么也开不了。小稳发现了，忙拦住：别推那扇门！

苗小稳真是乖乖女，我们上网玩游戏之时，却是她趴在床上写信的时刻。林玲问她写给谁，她说写给爸妈。

现在谁还写信啊？估计整个大学校园，没谁会给父母写信。即使朝家要钱，也只是打个电话回去。有时写着写着，她还泪眼婆娑。我们就逗她，快念念，让我们也感动一下。开始时小稳一脸的不高兴，仿佛我们真的会分享走一份感动。日久天长，她也无所谓了，就高一声低一句地念："亲爱的爸爸妈妈……"我们都捂住腮帮子喊牙倒了。听了几次后，都要求停止，因为每封信都是老词旧调毫无新意。她好像读上了瘾，反倒更大声地朗读，直至我们捂着耳朵都跑出去。当我们重新回来时，有时会发现她还在偷着抹眼泪，看到我们，又灿烂地微笑起来。

小稳写了多少信不知道，但她的父母在她的思念中一次都没来看过她。当我们父母来学校探望时，带来的土特小吃分到她手上时，芦苇般瘦弱的小稳都是双手捧住，放在鼻尖下，像小狗般贪婪凝视，心神恍若游离。大家问，你父母为啥不来？小稳说，大概是疼钱吧，来一趟又坐火车又坐汽车的。林玲说，也不知道你妈妈长什么样子，快把照片拿出来。小稳说，我给你们画一下吧。她有绘画天赋，三笔两笔就画出来：一个妈妈牵着一个头扎小辫左肩头有块铜钱胎记的熊孩子，那孩子是童年小稳，她笔下长发披肩的妈妈绝对漂亮，酷似张曼玉。那段时间，正热播一部张曼玉主演的香港电影。过了段时间，又火张艺谋导演的大片，她再画出来的妈妈又有几分像巩俐。唉，这个小稳，哪儿都好，就是在这儿不靠谱。

时光忽悠过去，我们大学毕业了，我们寝室的都留在了这个城市。但好像只有小稳最幸运，找到了一份薪水很高的工作。当我们羡慕她时，她耸耸肩说，这要感谢我爸妈保佑，是他们的朋友帮了忙。唬得几个人都崇敬地望着她。我知道事情本身绝不是她说的那样轻松，每个周末她都马不停蹄地到处投放简历，她才买的一双新鞋的鞋跟已磨去一半儿。

又是几年过去，我们都成了大龄剩女，且都在外租住。这时，惊爆眼球的事情发生了，小稳喊我们去她的新房子聚会。

小稳买房子了？千真万确！

更加瘦弱的小稳站在客厅迎接我们，房子里残留着淡淡樟香，她说都是用生态环保的材料装修的。我们里外转着，客厅小了点，卧室也不大，厨房卫生间也秀气，勉强能转开身。林玲看见客厅的墙上还有一扇紧闭的门，就去开，却怎么也开不了。小稳发现了，忙拦住：别推那扇门！林玲说，为什么？小稳说，我专门留给父母的，只有他们才有权打开。

月光族的我们说，你可真行啊！这些年你攒了这么多钱啊。

小稳笑着摇头，我能攒多少，首付都是我爸妈给的，其他就分期贷款呗。

那天，我们几个喝醉了，或许是很久没有见面的激动和兴奋，或许是我们都没有房子而她有。我们横七竖八地躺倒在客厅和卧室，林玲让小稳打开那扇门，这样能休息好。小稳也喝多了，眼睛直直

给良心打个补丁

的傻笑，但坚决地摇头：爸妈来了，才能打开！

于是，那扇门在我们眼里充满神秘。小稳给父母怎么装修的，里面摆放了什么样的家具，里面是不是放着小稳写给他们的信件和妈妈的画像呢？

两个月后，还没有从对小稳的羡慕嫉妒中挣脱出来，就接到林玲风风火火的电话：小稳出车祸了！

我赶到医院，小稳已经停止了呼吸。我一下傻了，平时安安稳稳的小稳怎么会突然莽撞地翻越护栏？林玲说，小稳最后发的微博是：迎接"妈妈"到来！她倒下的路段，距离火车站不远。

我们大致弄清了事情的经过：小稳准备到火车站接妈妈，而公司临时来的客户耽误了她的时间，随后她急匆匆地往火车站赶，边走边看时间，妈妈的火车应该进站了；她急急地走，又看手表，妈妈该出站了，可能正四处张望。小稳着急了，望着要走五六分钟才能到达的过街天桥，瘦小的她突然越过将近一米高的护栏，像一只飞翔的鸟，轻盈地落下，她的米黄色手机同时跌落在马路中间，摔成两半。她弯腰去拣，一辆超速的悍马向她冲来……

那小稳的妈妈去哪里了？而小稳微博里的妈妈还带着双引号？

几个同学来到小稳空荡荡的房子，心情沉重地整理她的遗物。林玲推她留给父母的那扇门，推不开，也找不到钥匙。我们对望着，怎么办？

最后一致决定，用锤子！

猛烈的击门声惊扰了邻居，他走来大声说，干什么？拆墙啊？

我们解释说是开房门，他进来看了，说，哪还有房间，这是一室一厅的房子，那边是我们家。

这时门被扭开了，门开处，一面洁白的墙。

第二辑 灯火通明的小巷

后来，民警解开谜团：小稳是弃婴，从小连生母的一口奶水都没吃过。她不知自己来自哪里，父母是谁。她一直寻找，关注网上找寻遗弃女孩的各种消息。她凭着胎记终于找到疑似亲生母亲的人，约好相见并去亲子鉴定。民警说，小稳出事的那天起，有个灰黑头发提着大包的女人在火车站前徘徊张望了两天，当民警从回放的监控录像中注意到这一情况时，老人已经消失了。

什么样的母亲会遗弃健全的孩子？什么样的原因才遗弃自己至亲的骨肉？

小稳走了，今后会有人来推她那扇镶在墙上的门吗？

红乳汁

这时孩子大口大口地吮吸起来，竟咕嘟咕嘟吞咽着。村妇忍住疼痛地拔出奶头，一股红色液体汩汩地流出来，一滴，两滴，殷红地打在孩子的脸上。

一个馒头朝狗扔去，狗便没了声息。两个黑影贴到亮灯的窗前。

麻油灯下，一位二十多岁的村妇在地上来回走着，手有节奏地拍哄怀里的婴儿，婴儿肩头一抽一抽的，像是受了委屈刚睡着。窄窄的破床上，还酣睡着一个婴儿。

黑影朝黑影点点头，情报不假。

黑影甲一挥手，进去抱孩子！

黑影乙忙拉住他，再看看，看哪个是红军的，哪个是她自己的。

怎么看？几个月大的孩子都像一个模子刻出来的。

83

给良心打个补丁

拿枪一问，就明白了。再不行，一顿拷打，还怕她不招？

没那么简单，这一带的人，都红到了骨头里面去了，搞不好她会把自己的孩子说成红军的让你抱走，小心别让她糊弄了。

黑影甲点点头，他在心里猜想，母子连心，她怀抱的肯定是自己的骨肉。

这时，床上的婴儿动了动，小手从被子里伸出来，手在空中乱抓。村妇见了，忙放下怀中的一个，凑过来轻轻说，我的好宝宝，你也饿了？放下怀里的，又把这个抱起来。

黑影甲疑惑了，嘴巴对在黑影乙耳朵上，看来刚才她抱的是红军的孩子。

黑影乙点点头，此地民风淳朴，别人托付的事，只要应承了，就会看得比自己的生命还重要。

村妇把干瘦的奶头放进孩子嘴里，孩子干吸了几口，吐出来，小嘴一撇一撇地要哭起来，村妇忙把孩子搂紧，轻轻地拍哄，哼起眠歌儿：二牛牛，不哭啊，天亮你妈就来接你……

黑影们这回总算看准了，这个才是红军的孩子，刚才抱的就是她自己的孩子。本来嘛，哪个当妈的会总抱着别人的孩子，让自己的孩子躺着？不过看村妇对两个孩子爱惜的样子，还真看不出亲疏远近。

只听屋里村妇叹口气，朝自己胸脯"啪"地一拍，唉，这两个不争气的东西，咋就不多产点儿奶水呢？

黑影乙骂一句，娘的，没本事捉到红军，却让咱干这种缺德的事儿，吃奶的孩子知道个啥？还说斩什么草除什么根？

黑影甲说，咱是任务，不完成可咋办？

黑影乙叹口气，要不咱回去，就说情报是假的，村里压根儿就

84

没有红军的孩子?

说话间,孩子大哭起来。

另一个孩子被吵醒,也扯着嗓子加入进来。

另一间屋子亮起了灯光,一个老妪抱着一个稍大些的孩子走过来。老妪说,咋好让人家的孩子哭呢?村妇说,饿呢,他吸不出奶。老妪对村妇说,俊英,你也哄哄咱自己的孩子吧,这几天他净吃米糊糊了。

村妇簌簌地落下泪来,娘,实在没奶了,他俩也都没吃饱。

老妪看看村妇瘪垂的乳房说,若是能有钱买只猪蹄子熬锅汤,奶水一定足起来。

村妇接过孩子,去亲吻孩子蜡黄的小脸。而孩子却迫不及待地在怀里寻找,捉住奶头猛吸。村妇"哎呀"一声,疼得眉心里拧出个"川"字来。

老妪说,再过两天,等给红军送粮的爱贞两口子回来,把他家猛子接走,剩下两个就好带了。

村妇点点头,眉却皱得更紧了。这时孩子大口大口地吮吸起来,竟咕嘟咕嘟吞咽着。村妇忍住疼痛奇怪地拔出奶头,一股红色液体汩汩地流出来,一滴,两滴,殷红地打在孩子的脸上。

屋外的两个黑影看呆了,一个用手背抹下眼,扭转头去。另一个也撩起衣袖。

走吧?一个碰一下另一个。

另一个点点头。

走出几步,一个说,等一下。

你想干什么? 另一个恶声质问道。

被骂的没说话,咬咬牙,从贴身衣袋里掏出几枚银圆,叮当地放在窗台上。

谁呀？屋里听见了动静。

快跑！两个黑影一前一后飞快地消失在黑暗里。

娘 舅

建伟试探着说，您不想俺舅舅？娘笑了，眼里流露一丝难以捉摸的神情，说，我想他，可他不想我啊。

舅舅在建伟心中很高大，尽管他还没见到过舅舅。

娘和建伟相依为命，也没有近亲。日子苦得不行，他和娘要这要那，娘抹一把泪，说，儿啊，咱母子吃饭穿衣要紧，先忍忍，等你舅舅来了，会买给你的。建伟就安静下来，知道了自己有个舅舅，并且舅舅很有钱。

在街上玩游戏，受了小伙伴们的殴打，他号啕痛哭的时候，娘会闻声风风火火地赶了来，大声呵斥：你们要好好和他玩，不然，他舅舅来了有你们的好果子吃，他舅舅是解放军，手里有枪！

孩子们被威慑住。建伟又知道了舅舅是解放军，舅舅有枪。

建伟每天焦急地盼望，盼望舅舅的早日到来。

舅舅总不来，建伟就和娘说，娘，咱去北京看舅舅吧。

不去，你舅舅工作忙。娘头都不抬地说。

我不忙，咱去看他。

娘说，舅舅是保密的兵工厂，不能随便进。

建伟便理解了舅舅为什么还不来他们家。

第二辑　灯火通明的小巷

娘说，儿啊，你要好好读书，长大了和舅舅一样，也到北京去为国家做大事！

建伟郑重地点点头。于是，建伟的学习就非常好。

建伟读到高中的时候，他感到了娘肩上的沉重，任凭娘怎么劝，他都不去学校了，一门心思想去挣钱养家。第二天他就要走了，娘匆匆地拿个信封来，说，你舅舅来信了，快给娘念念。

建伟一把接过，读了起来。舅舅在信里问候他们，要建伟好好读书，少年贫困不算困难，没有知识是要一生困难的。我不给你们寄钱，是怕你们养成好吃懒做的习惯，是要你们独立、自强。

建伟仔仔细细看了几遍，记住了舅舅鼓励他的话，却恨起了舅舅。自己在城市里吃香喝辣，一分一毫也不帮衬亲姐姐，还教育穷亲戚自立自强啊？好，我会让你看看的！

建伟回到学校，更加发奋地读书。建伟考上重点大学，大学毕业后，回到家乡，为建设家乡努力工作。

娘却老了，老得成了一把骨头。是浸满风雨的苦日子把娘的身体煎熬坏了。

娘躺在病床上，建伟问娘，您想吃点什么？

娘摇摇头，说，我什么都不想，看着你出息，我很知足了。

建伟又问，您想谁了？

娘摇摇头。

建伟试探着说，您不想俺舅舅？

娘笑了，眼里流露一丝难以捉摸的神情，说，我想他，可他不想我啊。

建伟想，该给舅舅写信了。

舅舅可能还没收到信，娘就咽了气。建伟连忙又给舅舅拍去加

87

给良心打个补丁

急的电报。娘的丧事一拖再拖，直到娘入土为安了，也没见到舅舅的影子。

建伟的心伤透了。从此，他不再叨念舅舅，也不再期盼，只当自己没有这个舅舅。

这年春节前，建伟很忙，过了春节，才发现自己的头发太长了。妻子说，你去理理吧。妻子是城市里长大的。

建伟说，不去。

过了几天，妻子要他一起去娘家，说，你去理个发吧，人显得精神。建伟说，不去。

妻子拿他没办法，只好在他午睡的时候，拿剪子剪短了他一绺头发，来逼迫他去理发。他醒后，对妻子暴跳如雷：你知道吗？正月里不剃头，剃头死娘舅！

按娘说的，舅舅也快60岁了吧？他叹口气。

他终于按捺不住，趁去北京出差的机会找舅舅。攥着发黄的信封，却怎么也找不到那个兵工厂，兵工厂太神秘了。他问附近锻炼的老人，老人说，从来也没有这个单位啊。他说，您仔细想想，是不是曾经有过，现在搬走了？老人说，我在这住60多年了，就从没听说过。

您看看，这可是我舅舅当年寄给我们的信啊！

刚好老人是位集邮爱好者，接过老信封一番端详，说这是封假信，你看寄件邮戳和地址不符。

他接过一看，是的，尽管寄信人地址写的是北京某地，邮票上的邮戳原来是本县柳乡镇邮电所盖的！

他愣了半天，鼻子一酸，从肺腑里喊出一声：娘啊……

请你留下来

致富也不能连命都不要了吧？现在清贫些，说不定以后咱就靠一片蓝天一片绿地，坐在家里就能赚生态旅游的钱呢。

小道消息：柳乡长要调走了！

乡亲们无不奔走相告，喜上眉梢：快回家做好吃的，庆祝一下！

柳乡长不贪不腐，不受贿不跑官，但就是无能，不会招商引资，全乡的经济来源除了手工编织，种植养殖，就是木器加工，从没像其他乡镇那样能引进烟囱入云的大型企业。眼看着别的乡镇企业搞得好，生活提高得快，乡亲们能不气吗？这下好了，在这里待了8年的柳乡长终于要挪窝，换个能招商引资的领导来，好日子就要来了，大伙儿能不欢庆？

这个时候，柳乡长却广发邀请函，邀请全乡每村一位德高望重的长者，大家一起去某地参观考察，并且是他自己掏腰包。

一行30多人出发了，坐完火车坐汽车，边走边有人小声叨咕：人都要调走了，再去参观学习还有个蛋用？

有人附和，就是，就是，早干什么去了？废物一个！

下了车，天空铅如锅底。有人说，是要下雨吧，抓紧时间呐。

一排排典雅整齐的小别墅，仿佛从欧洲整体迁移来的。乡长说，每家一户，都是村委会出资修建的。

一片啧啧赞许之声：看看人家！

给良心打个补丁

信步走进一户人家，客厅宽大，家电齐全，门外还摆放一辆小轿车。

乡长说，这是每家每户的最低生活标准，全部由村委会买单。

又是一片咂舌之声：看看人家！

一辆货车停在门前，几个人从车上搬下桶装纯净水，扛进屋内。乡长说，这里日常用水全部用桶装水，也全部由村委会买单。

看看人家！都是乡镇干部，都是为百姓谋幸福的带头人，怎么区别就这么大呢？

也有人心疼：洗脸都用纯净水，这也太浪费了吧？有钱也不能糟蹋东西呀！

柳乡长说，去参观他们的工业区吧。

工厂密密地挨在一起，什么皮革厂、水泥厂、化工厂、印染厂、电子厂、铸造厂、耐火材料厂……大家又是一片哗然：不说多的，咱乡里要是有上这么三四个厂给创造利税，咱们的生活也要富裕很多啊！

柳乡长不顾众多投向他的白眼，继续说，30年前，这里还和咱们那里一样，以种植养殖为主，地理条件也差不多，都是清凌凌的水来蓝格莹莹的天。现在咱们去看看他们的山和河流吧。

这还是山？分明是断裂的骨头，闪着白晃晃的骨茬儿。山包没了，变成成堆的石子。两座石灰窑冒出股股白烟，四周粉尘飞扬，扼人喉咙。

快走吧，快走吧。有人咳嗽着说。

再去看他们的河流吧。乡长在前面引着路。

如果用多彩的河流来形容，一点也不为过。一段绛红，一段墨绿，一段乌黑，这些颜色漂浮在同一条河里，散发出刺鼻的气味。乡长说，河流原本清澈见底，还出产一种叫银针的透明小鱼儿，经过各家工厂多年的废水排放，成了现在的模样。乡长拿了一根棍子去撩河水，河水竟黏稠地粘在上面。

乡长说，这里晴天看不到太阳，雨天下的是黑雨，已经少得可怜的耕地里连草都不长了，地下水受到严重污染，比红小豆还红。

哦，难怪要给每家每户发纯净水！人们才恍然。

以前这里被称为长寿村，现在村里得肺病、肾病、肝病、癌症、皮肤病的很多，本村的人大多搬走了，一排排的别墅，大多租给了外来打工者。

乡长，咱快回去吧，这地方待时间长了，对身体没好处。

是呢，我从到这儿，嗓子里就没透过一口舒畅的气。

咳咳，咳咳。

回程的途中，乡长说，这些年，是有一些企业来找我洽谈，但能来咱这么偏远地方建厂的，都是被大城市赶出来走投无路的重污染企业，所以我顶住各种压力，没有同意。不过，某种程度上讲，我也阻碍了地方经济的发展，如果我调走，希望继任者能够带领大家更好地致富。

乡长，您做得对，没了绿水青山，就是坐上金山银山有什么用？

眼下赚个小钱，以后治理环境再花大钱，还治理不好，那真是太得不偿失。

是啊，我们要留住蓝天，要让子孙能看到星星！

致富也不能连命都不要了吧，现在清贫些，说不定以后咱就靠一片蓝天一片绿地，坐在家里就能赚生态旅游的钱呢。

回去的第二天一大早，乡政府门前围了很多人，他们打出的标语是：留下柳乡长，保住一片天。

七彩石

小晴说，我把七彩石送给了来家里玩的同学。啊？爸爸嘴巴张得能吞下一枚狮子头。

小晴放学回家，见爸爸正翻箱倒柜地找东西，小晴问，爸，找什么？

爸爸说，我去年探家时带回的半袋子石头呢？

小晴说，您是问那些七彩石吧？

其实那些石头不叫七彩石，是小晴给它们取的名字，它们色彩斑斓温润光滑。小晴说，我送给了来家里玩的同学。

啊？爸爸嘴巴张得能吞下一枚狮子头。

我给她们每人一块，还差王梅没有。她嫌最后一块青色的小了，想要一块大的，纯白的。爸爸，您下次再回来，就多带几块。

爸爸苦笑着，摇着头说，爸爸这次回来，就不去新疆了。

可我答应了王梅的。

哎呀，那怎么办呢？好吧，既然答应人家了，就说话算数。

小晴高兴地点着头。

晚上，小晴听见隔壁房间爸妈的谈话。妈妈说，都是你惯着孩子，你先不说我也不懂，十几块和田籽玉都送了同学。唉，送了的也就算了，可现在还要再花钱请人邮寄过来送，你傻不傻啊？

爸爸竟呵呵地笑了，说，说出的话要当真，石头也不算贵，只当是给孩子们买了玩具。

第二辑　灯火通明的小巷

你呀你，孩子都让你给惯坏了。

小晴才知道她送出去的石头都不是普通的石子，难怪都那么漂亮。

当爸爸递给她一块纯白细腻的圆石头，叫她送给王梅时，小晴点了头，却没有送出，自己悄悄地藏了起来。过了几天，爸爸问，你同学说石头好看吗？从没说过谎话的小晴表情僵硬地嗯了一声。不过，小晴再见到王梅时目光总是躲躲闪闪的，就好像欠了她什么东西似的。王梅却跟她更亲热了，有一次还说了一句"七彩石真漂亮啊"，小晴忙找话岔过去，怕她知道了爸爸让送给她的石头被她截留了。

十几年过去，小晴要结婚了，小晴想要一辆轿车做陪嫁嫁妆。爸爸把所有的积蓄都给了小晴，还把当年王梅嫌小的青色石头拿到古玩市场上，卖了3万元。小晴惊呆了，没想到一块小石头能值这么多钱。她后悔着，当年竟把那么多的石头都给了同学，估计当时她们玩上几天也是随手丢掉了。不过她也庆幸没有听爸爸的，没有把石头再送给王梅，这一块个头大，肯定会更值钱。

虽然她和王梅的友谊一直没有间断，但王梅和她的人生道路有了很大的差异。小晴在事业单位上班，虽说工资不高，但却有保障。而王梅几经波折，离婚后在附近开了一家福利彩票代售点。老来无事的小晴爸爸成了王梅那里的常客，每期都要买10元钱的。小晴问爸爸，你想发大财啊？爸爸眯起眼，多少年不变的呵呵一笑更显慈祥。他说，人总得有个希望，才有奔头。一期一期地盼着中奖，就是奔头，日子就过得带劲！

您真盼着中大奖啊？

呵呵，十元八元的也不少，只当是买零食吃了，何况往大了说

给良心打个补丁

还是对国家福利事业做贡献呢。有一次爸爸白天出去遛了一天，晚上才想起还没买彩票，懒得动了，就让小晴给王梅打电话，说给我随机打10元的彩票，明天去拿的时候再给钱。

这天，爸爸让小晴给王梅打电话：打10元钱的彩票，号码？你看着给选吧。

隔了一天，王梅来敲门，气喘吁吁地进门就说，小晴，你的彩票中了大奖！小晴和爸爸都愣了，虽说每期买，虽说也期待，但怎么也没想到真的中大奖。小晴说，你不会搞错吧？王梅递过一张彩票和一张都市晨报，你对对号码，500万呐！小晴仔细看了，千真万确一等奖。小晴说，不会弄错吧，买彩票的钱还没给你呢。王梅掏出几张彩票说，不会错，彩票背面都写着名字呢。翻过彩票，中奖的这张后面用铅笔写着一个"晴"字。其余两张没中奖的，都写着"梅"。小晴问，这是给你自己买的？王梅点点头。小晴一把抓住她的胳膊说，你真是我的神，铅笔写个字也作数啊？

爸爸这时也说，王梅呀，彩票你拿走吧，我也不给你买彩票的钱了，你生活不宽裕，刚好贴补下。

王梅坚决地说，是谁的就是谁的，这张彩票是给您打的，就是您的，做人哪能没了诚信？

你真是傻孩子。爸爸说，不就是铅笔写的一个字吗，再说中奖号码都是你选的。

王梅说，伯伯，您还记得您送我的七彩石吗，我一直珍藏着呢。

小晴的脸红了，她手上的石头从没出手啊，有这回事吗？

爸爸说，我记性不好，早忘了。

王梅说，我忘不了，当年放学时您亲自在学校门口给我的，还说小晴忘记了带。

94

第二辑　灯火通明的小巷

小晴依稀想起，当年邮寄了两块石头来，而另一块过了几天再也不见了。

爸爸又是呵呵地一连串的笑，对小晴说，那你们俩商议彩票的事吧，我出去锻炼了。

小晴把彩票推给王梅，王梅固执地用力推回来，两个人来回反复着。小晴一下想到了她们的童年：童年的王梅，童年的伙伴们，她们一起拿七彩石做游戏，然后她分给她们每人一块，而犟丫头王梅固执地不要那块小的，小晴就承诺给她一块大的美丽的石头。哦，童年，哦，七彩石……

爱情财富

我们会彼此尊重，彼此相惜，彼此托付，真爱就是一生最大的财富！钢钢又转向女友说，不过，我们也要在不经意间，去拥有陪伴我们到地老天荒的爱情信物！

春节放假，钢钢从上海回来，还带回了未婚女友，一位美若天仙的江南女子。爸爸高兴，妈妈更高兴，爷爷兴奋，奶奶更是兴奋。特别是奶奶，少了牙的嘴，整整一天，下颚硬是挨不拢上颚。

晚上一家人围坐灯前，钢钢说，爷爷，奶奶，爸爸，妈妈，我有一个消息，和你们汇报。我和小苗已经在上海买了房子，当然，只是交了首付，剩下的贷款我们慢慢还。房子一交付，我们就结婚！

好啊，好事啊。只是买房子这么大的事情，你也不提前跟我们说。

给良心打个补丁

爷爷奶奶都退了休,爸爸妈妈是工薪族,没惊动您们,是怕白替我们上愁。

奶奶笑呵呵地说,我的好孙子,你说了,不会白说的。

爷爷忙抢下奶奶的话,你奶奶有私房钱!

对,妈妈也笑着说,奶奶的私房钱会添给你们!

钢钢问奶奶,您要给我添多少钱啊?

奶奶有些羞赧地笑,不多,不多,21元8角8分。

钢钢和女友哈哈大笑起来,奶奶,还是您自己留着吧。

爷爷说,可不要小看了奶奶的这几十元钱,奶奶的钱含金量高啊。

奶奶的母亲走的早,父亲又很粗心,奶奶是在苦水中长大的。奶奶成了大姑娘时,就相中了隔壁木作铺里的小伙计。是的,那就是爷爷。那时的爷爷虽是毛头小伙,但心细得比过头发丝。到了谈婚论嫁的时候,家里少个妈,奶奶的嫁妆都是爷爷给操持置办的,大到橱柜,小到红头绳儿。第二天要上花轿了,夜晚爷爷又咕咚咚地跑了来,说,差点忘了。递给奶奶个红纸包。奶奶问是什么,爷爷说,压箱底儿的钱。本地风俗,嫁姑娘时娘家要在姑娘包袱里放上压箱底儿的钱。爷爷眼圈儿红了:本该是妈给闺女压,你……只有我给准备了。奶奶哇地一下哭出来,抱紧爷爷,一拳一拳捶打着:这辈子我跟定你了,哪怕你每天打我,每天骂我,我也没有怨言……

那是爷爷特意找来的当时刚流通的嘎嘎响的新钞票,每样儿一张,还有面值3元的呢。奶奶一直珍存在包袱里,困难时期饿得全身浮肿、头比斗大,也没动过花掉的念头。

钢钢说,旧币升值了,奶奶,原来你是大财主啊。

奶奶说,送给你了,给你添上买房子。

第二辑 灯火通明的小巷

爸爸接过话来：奶奶表示了，爸爸也要表示，不过，这是你妈妈的功劳。

钢钢说，您也有宝贝啊？

我们是三千多人的国营单位，说着都俗气，我和你妈是在劳模会上认识的，可以说是一见钟情吧。爸爸看了妈妈一眼，妈妈脸红了一下，跟孩子说这个干什么。爸爸说，证明咱俩都优秀才会有他这么优秀啊，他优秀才能名牌大学毕业能在上海工作啊。当时，我和你妈正热恋着，单位通知我过完年去外地学习半年。那真是难舍难分啊。你妈妈有气管炎的毛病。我跑到商店给你妈买了二斤毛线让她自己织条围脖儿，你妈呢，却拿了毛线去换成男式颜色的，还又买了一些毛线，几天几夜地给我织成条毛裤。去换线的路上，还顺便拐进邮局买了一整张邮票，打算从中间撕开，一人一半儿，为分开的这些日子寄信用。谁知单位又突然通知她也去学习，结果这邮票一张也没用上，到现在还一直放着。

爸，您不会说您们有一整版第一套生肖猴票吧？

是的，我们真的有！妈妈自豪地说，不过，当时谁也不知道这会值钱呢，如果知道啊，呵呵……

奶奶和妈妈都拿来了自己的宝贝，要交给钢钢。钢钢和女友小心仔细地欣赏着，然后两人会心地一笑说，爷爷奶奶，爸爸妈妈，这是你们的爱情财富，还是你们自己好好珍存吧。我们正年轻，正是拼搏的时候，财富靠我们自己去积累。也请你们放心，我们会彼此尊重，彼此相惜，彼此托付，真爱就是一生最大的财富！钢钢又转向女友说，不过，我们也要在不经意间，去拥有陪伴我们到地老天荒的爱情信物！

给良心打个补丁

房屋出租

杰克的目光缓缓地从楼梯上收回来,明亮得能点燃蜡烛。他很神秘地问,四楼的女人跟你们很熟悉吗?

乔迁新居后,我发布了一条信息,想把老房子租出去。

信息发布后,来看房的不少,可都没租成。我很着急。

星期天,好友汤姆森来了,我提到此事,汤姆森说这好办,交给我吧。正说着,来了要看房子的电话,听声音是一位男士。

我的旧房子汤姆森也没少去,对房子和周围环境和我一样熟悉。我们边往旧房子那边走,汤姆森边打起了电话,之后对我说,如果你想把房子成功租出去,接下来你要一言不发,无论你看到什么和听到什么。我点点头。

来者自称杰克,胖墩墩的,一个大红鼻子头,两只眼睛玻璃珠似地咕噜咕噜不停转动。刚走进小区,杰克就止住步,不住地摇头。是的,小区环境太差了,垃圾满地。汤姆森说,先生,你要知道,小区没有物业费,能省下不少的钱。

杰克说,我宁愿花物业费,也不愿意住到肮脏的猪圈里。汤姆森说,您除了上班,就是待在房子里,房子满意才是最关键的,外面的脏乱其实和您关系不大。

杰克才又往前走。站到楼梯口,汤姆森边示意上楼边说,这是幢五层的小楼,我们的房子在三楼,最适宜居住。

楼梯前,杰克停下脚步说,一楼这么嘈杂啊?我的心一紧,好

第二辑　灯火通明的小巷

多求租者都是听到这能冲破耳膜的吵闹，连房子都没看就毅然回返。

汤姆森说，是一家私人幼儿园，这个吵和工厂的噪音是不同的，童声堪比天籁，每天能看到圣洁的小天使们进出，能听到百灵鸟般悦耳的童声，心态会年轻，永远都不会老。再说孩子们放学回家后，晚上是非常安静的。

听汤姆森这样说，杰克才又脚步迟疑着迈向楼梯。

我打开三楼的房门，一股气味扑鼻而来。走在前面的汤姆森也不由自主地咳嗽了两声，手下意识地拿到鼻子前，不过又很快地放下，就势一指几个房间：您看，每一间都那么宽敞，多适宜居住啊！

其实呢，屋里装修简单，墙面残破，也没什么摆设。汤姆森又指后窗，后面就是菜场，您买菜多方便。是的，那股让汤姆森咳嗽的味道就是从菜场传来的。杰克捂着鼻子，匆匆地看了几眼，就坚决地站到了门外。

租金很便宜的，绝对物有所值。汤姆森说。

杰克坚定地摇摇头，朝楼梯走去。

汤姆森又说，您来租房不就是为的一个舒适安静、价格合理吗？这里刚好适合您。楼上也安静，二楼和五楼都空着，只有四楼住着一个单身女人。

杰克的眉毛不易察觉地动了动。

汤姆森叹口气：四楼，一个孤单寂寞的良家女人。真的，你再也难找这么宁静温馨和浪漫的地方居住了。

正说着，橐橐的高跟鞋声上来，一位明眸如水身姿婀娜的妙龄女郎从我们身边擦过，莫名地朝我们几个微笑一下，脸上立刻现出两只又大又圆的酒窝儿。随后，她又橐橐地上了楼。女郎飘过，不见了身影，而她的一股体香还凝结不散，沁人心腑。

99

给良心打个补丁

杰克的目光缓缓地从楼梯上收回来，明亮得能点燃蜡烛。他很神秘地问，四楼的女人跟你们很熟悉吗？

汤姆森说，不熟悉，不过她有个不好的习惯我要事先告诉你，寂寞使她会在晚上说话和唱歌，搞不好会影响您的休息。

杰克花朵般灿烂地笑了，宽容使他的眼睛看上去也更明亮：这个可以理解，既然单身肯定寂寞。说吧，你的租金多少钱？

汤姆森说，长租就很优惠。

杰克说，长租，我一次性交你三年的租金，给我优惠吧？

汤姆森也笑了，好的，给你最大的优惠！

杰克搬进去没两天，就打来电话：你们是骗子！

我们哪里欺骗你了？楼下是幼儿园，楼后是菜场，房间你看了，院子里的脏乱你也看见了，你说，哪里欺骗你了？

杰克口吃起来，最后还是说，不是说四楼……是那个……单身女人住吗？

是啊，千真万确是单身女人。

可不是那天从我们身边走过的女子啊？

谁说是了？你再想一想，我们是说四楼住着一个单身寂寞的女人。

杰克半晌无语，啪地挂断电话。

我想起四楼的单身女人来，她老人家今年七十多岁了吧，孤苦寂寥，神神道道，差不多每晚都敲打着房间里能够敲打的一切来宣泄对逝去丈夫和失散儿子的思念。我庆幸我攒够钱买了新房逃离那里，同时更感谢汤姆森帮我把房子租出去。

我给他打电话：今晚我请你吃饭，一定来，并且一定要带上露丝，你靓丽迷人的女友！

第二辑 灯火通明的小巷

竹故事

暖风沙拉拉吹着竹丛，竹子又要演绎一个美丽故事……

他风风火火地来到小公园，老远就见她站在小石桥上。他擦了额头上的汗，摒了有些喘的呼吸，才快步朝她走去。

"早来了？"他问，眼睛在她的脸上逡巡。还好，没有一丝愠色。

"也是刚到。"她轻声地回答。

多好听的声音，他觉得自己如同一根遇了高温的蜡烛，在她的声音里软起来，忘记了心事。

"随便走走吧！"她说。

他就深一脚浅一脚地跟住她高跟鞋的节奏。

他和她都是大龄青年了，他不会浪漫，家庭条件也不是很好。和她这是第几次见面了？他见了她就拘束得厉害，她其实是个文静的姑娘。

走到竹林边，他想起介绍人给他讲的谈恋爱经验，要微笑，多说话。望着园里婆娑的竹子，就露出白牙找话说："我给你讲个竹子的传说吧。"

"好。"她说。

他说：很久很久以前，有个帝王叫舜，他为治理好国家，很多年没有回过家。家里听不到他的音信，他的两个妻子娥皇和女英就出来到处找他。当她们走到湖南君山的地方，听到了她们的丈夫呕

给良心打个补丁

心沥血已经累死的消息。她们悲痛地大哭起来，哭得没有力气了，又扶着路旁的竹子哭。滴滴泪水打在竹子上，就成了今天有花纹的斑竹，也叫湘妃竹。

她知道这个流传了几千年的凄婉爱情故事，但还是装作第一次听到，认真地听他的讲述。他讲完了，她说："真感人。"

他被夸奖的兴奋起来，说："你也给我讲个竹的故事吧。"

她想了想，点点头。

她也讲了个老故事：三国时候，有个人叫孟宗，很小的时候他父亲就去世了，和母亲相依为命。后来母亲老了，孟宗更加孝顺。有一次，母亲病得很厉害，几天没有进食。孟宗很着急，央求母亲吃饭。母亲终于说，很想吃鲜笋做的汤。母亲想吃东西了，孟宗很高兴，但节气都快冬至了，哪里还会有新笋长出来啊。孟宗焦急在竹林里徘徊，想着卧床的老母，越想越难过，竟大声地哭了起来。或许是他的一番孝心感动了天地，突然间，眼泪滴落的地方裂开了，露出几茎鲜嫩的竹笋。孟宗破涕而笑，母亲喝了笋汤，疾病居然立刻就好了。

他听着，听着，睫毛湿润了，仰脸忍了忍，没有忍住，眼泪就大颗地掉下来。

她呆呆地望着他。他抽动着鼻子，说："我父亲也走的早。"

"我知道，介绍人说了。"

"我母亲很苍老，身体也不太好。"

"我也知道。"

"可你不知道，今天是她老人家的生日，我说在家陪她，她非要我和你约会，说我老大不小了。我是她老人家近四十岁时生的，我是家里唯一的孩子，她盼着我好，盼着我们俩能谈得来，可她今天自己在家，我说给她买个生日蛋糕，她不肯，说我将来结婚用钱的地方多着呢。"

他抹了下眼角，对她一个歉意的笑："让你笑话了。对不起，我回去了，是你的故事教育了我。"

她点点头，说："回去吧，多陪陪老人。"

他应了，快步地走，又回过头来挥挥手。

她看着他远去的背影，脸上露出了微笑，她忽然感觉心灵里好像打开了一扇窗子，是什么拍打着翅膀飞了出来。她就大声地喊他的名字，声音大得她自己都奇怪是她发出的吗？

暖风沙拉拉吹着竹丛，竹子又要演绎一个美丽故事……

丁麻子

现在，谁都知道，烧饼店老板，那个脸白面光的中年人，叫丁麻子。

小丁从小最忌讳的，是同学们叫他丁麻子。小丁脸上白净光滑，别说麻子，连个痣都没有。原因出在他爸爸那里，他爸爸是个浅皮麻子。小时候走在街上，大人问，这个俊小子是谁家的？丁大麻子家的。问的就咂咂舌，想不到麻子有这么好的儿子。麻子与小丁毫不相干，可同学们就是喊他丁麻子，真是千古奇冤。为这个外号，他骂过娘，打过架，还是无济于事。后来闹大了，老师出面制止，才没谁当面喊他丁麻子。但事情不算拉倒，调皮捣蛋的同学们给他换了称谓，叫他"石榴皮"。叫了几天，嫌不精准，又改成"外翻石榴皮"。

给良心打个补丁

多烦人，多伤害一个孩子的自尊呐。所以，从小到大，小丁对"麻子"二字敬而远之。

但他满脸麻子的父亲有一手好手艺，做的芝麻烧饼外酥里嫩，饼上的芝麻看着生，吃着却焦香，是得了他爷爷真传的。丁麻子烧饼香出巷子，响遍全城，有时来买烧饼的，宁肯等上半小时。后来，丁麻子英年早逝，年轻的小丁在悲痛之余，也长吁一口气，心想，父亲走了，自己终于摆脱麻子二字了。

小丁参加了工作，单位离家远，没谁知道他的老底儿，再没谁故意麻子麻子地刺激他。远离"麻子"二字的小丁娶妻生子，生活美满幸福。以为生活就这样一帆风顺下去了，单位仿佛一夜之间就垮了，小丁回到了家。雄心勃勃的小丁又同别人倒腾了几年服装、家电，都是拿出去的钱多，收回来的钱少，单位算断的几个钱都折腾没了。小丁又去找工作，当过几个月保安，做不到一年的仓库保管，终因各种原因作罢。饱受伤害的小丁灰头土脸地蜗居家中。头发花白的母亲看他愁眉不展，说，现在这个社会连瞎眼的雀儿都饿不死，还能饿了你七尺男儿？小丁说，妈呀，做生意我没本钱，应聘吧我没特长，你说能不饿着吗？妈也叹口气，实在不行，重新拾起你爸爸的烧饼铺，既不用投什么资，还都是现钱。小丁说，可我不会打烧饼啊。妈说，我没白跟你爸这么多年，我会。

经过母亲多天的培训，小丁的烧饼店开张了。生意却不好。虽没有父亲的手艺好，但小丁也是下了一番苦功的：先进的自动恒温电烤炉，特级精白面粉，桶装的食用油，加之严格按照母亲亲授的操作工艺，他做的烧饼也基本做到了外酥里嫩，芝麻焦香。可生意就是不好。小丁叹了气，毕竟现在不是父亲卖烧饼的年代了，现在小吃品种多，连洋早点都来凑热闹。

第二辑　灯火通明的小巷

这天，小丁边做烧饼，边盘算下一步自己改行干什么。走来位留着山羊胡子的老者，买了两个烧饼，咬了一口，不觉一愣。等把一个烧饼慢慢地吃完，说，烧饼做得不错啊。小丁说，那就多吃几个。老者说，是家传的手艺？小丁摇摇头，又点点头，因为他极不情愿地想起了母亲的手艺源自他父亲。老者说，有点像很多年前的丁麻子烧饼。小丁脸红了，说，我是他儿子。老者打量下小丁和他的铺子说，好啊，我很多年没吃到这样的烧饼了，原来你叫个什么飘香烧饼？这让老街旧邻怎么找到你啊？老人这么一嚷嚷，立马起了广告效应，上百个烧饼一下被抢光，吃的都点头称好。

烧饼的卖点在哪里，小丁立刻明白了。

"丁麻子烧饼"几个大字从容醒目地写上招牌，小丁的生意一下火起来，店前有时要排队。这个年头，除了买经济适用房，哪还有排队的事情呀？买小丁的烧饼就要排队！没过半年，小丁又分别在城东和城西开了两家分店，同时却发现有人也挂起了"麻子烧饼"的招牌。小丁气坏了，他是丁麻子唯一纯正的血脉，怎能容忍别人分享"麻子"红利？他专门请画家按照他父亲的照片画了张像，脸上的麻子比实际的虽然少了却大了很多，然后拿去注册了"丁麻子"商标，请了律师，经过维权，小丁的官司赢了。小丁还上了电视，小丁面对千家万户字字铿锵句句煽情地大声说，老街旧邻们，您还记得卖烧饼的丁大麻子吗？我是他老人家唯一的儿子，也就是丁麻子烧饼唯一的正宗传人，记住我，记住丁麻子，记住丁麻子烧饼，我就是新时代的丁麻子！

现在，谁都知道，已经不自己亲手做烧饼的烧饼店老板，那个脸白面光的中年人，叫丁麻子。

天才金嗓子

金嗓子的嗓子是天生的好。

金嗓子的嗓子是天生的好。金嗓子光着屁股和小伙伴们满街玩游戏捉坏蛋时,他的一声大喝:"你往哪里跑?"引得位过路的老者驻足打量。看金嗓子精瘦细长,五官端正,说:有这副好嗓子,一生的吃穿不愁了。旁边的大人们有认出老者的,是位梨园行里著名的人物。有了名人的评价,我们那一片都知道金嗓子以后会成大事,大了会靠嗓子吃饭。金嗓子一下蹿红,成了孩子王,他本人更高兴,街巷里飘荡的除了炊烟就是他高亢的野腔无调的歌声了。

金嗓子一上小学,就被音乐老师看中,参加了校办歌咏队。再大些,又被一家曲艺学校招去做了学员。金嗓子顺水顺风,春风得意。老师教导别的学生时,总是拿他当典型:听听他的声音多洪亮,怎么你们就净在喉咙里哼哼呢?金嗓子更得意了,学业上就松懈了很多。因是名人,就有一些女孩子追求,青春期萌动的金嗓子自然不能脱俗,早恋了。老师发现他的成绩总没长进,多次谈心,正在甜蜜里泡着的金嗓子哪里听得进?别人刻苦学习基本功的时候,他还是拿好嗓子喊几声敷衍了事。三番五次的谈心后,每月拿固定工资的老师也不过多难为他,顺其自然吧。金嗓子的声音比以前更响亮,但歌唱却不动听,不能跟着乐谱走。

几年的光阴眨眼过去,艺校的学业结束了。

金嗓子没能进正规文艺团体,跟了草台班子。班子虽草,也讲究

第二辑 灯火通明的小巷

字正腔圆，他只能凭了青春帅气，在歌唱演员身后夹杂在女演员中伴舞。跳了几年，年龄大了，筋骨硬了，又转行。改跟当地的红白戏班，这回他终于手握麦克风一展歌喉了。现今的红白戏班主要是给民间丧事添热闹凑人气，金嗓子跟着唱了几次，就失业了。原因是他的演唱在高亢嘹亮的基础上，游荡出自己擅自的音符改编，其实也就是在高低音上稍微地不合时宜地偏差一点，效果却是意想不到地给人滑稽和幽默感，能让正号嗷痛哭的孝子破涕大笑，不能节制。

金嗓子生活上为了难，也后悔自己蹉跎掉的艺校时光，明白了天才只靠先天的那一部分是不行的。可天下没有卖后悔药的。天生我才必有用吧，饿得两眼冒绿光的时候，有干小本生意的远房亲戚看中了这个廉价劳动力，叫去帮忙。面对山穷水尽的峰回路转，他的悟性一下好起来，二个月的时间，边帮忙边熟谙了这行当进货出货的精髓。

现在您走到我们那儿附近，准会听见一个高亢洪亮带有中年男子磁性的声音在空中盘旋："回收旧电视机，洗衣机，空调，冰箱冰柜——！"您会诧异，这人光凭嗓子一喊，竟比一些拿了电喇叭的商贩声音还大。

金嗓子还是靠嗓子吃饭了。

帮　助

虽然我帮助别人时从没想过图回报，但回报同样是真诚和发自内心的，不可违拗。

给良心打个补丁

门开了,"呼啦"一下,单位的主管领导、办公室主任等鱼般贯入。

他家好像从没来过领导,他拘谨地搓着双手,来,坐、坐吧。他忙招呼厨房里的妻子,倒茶!哦,还是去买几瓶茉香蜜茶吧。

领导亲热地拉住他说,小金啊,听说你经常助人为乐,我和几位领导来看望你。

小金说,谢谢领导。

领导扳着指头说,冬天你帮孤寡老人买煤送炭,夏天你给路边乞丐打伞遮雨,白天你领小学生过马路,夜晚你用手电筒给路人照明……这些虽然都是小事,但体现了一个青年的高尚品德,弘扬了和谐社会的主旋律。

主任插嘴道,咱单位还收到过表扬信,是被小金帮助的大学生写来的。

说说,怎么帮助的?

小金还没开口,主任就抢着说,大学生在火车站钱包被盗,开口求助却被当成骗子,是小金给他买了火车票。

领导说,小金心地善良,就是真骗子也会被感化得改邪归正。

妻子买来了茉香蜜茶,递到每人的手里。领导没喝。妻子忙不迭地给打开,领导才微抿了一小口。

短暂的沉默。小金偷眼看了几位领导。

领导咽下蜜茶,清清嗓子,才又说,小金啊,听说你几年如一日地照料过一位老人?

听到这话,小金从领导进门时凝结在脑子里的一团疑云,瞬间散去。

领导说,给我们讲讲你是怎么照顾的。

小金说,没什么好说的。

第二辑　灯火通明的小巷

办公室主任忙说，汇报一下，说不定今年能给你评个助人为乐的标兵。

领导说，怎么，小金还不是助人为乐的标兵？

主任说，去年是财务王科长，前年是工会刘主席，今年争取是了。

小金笑笑。那是两年前的事了，上班路上，一位老人摔倒路边，围了一圈人。他想都没想，就叫来救护车送到医院，还刷了银行卡给老人代交了治疗费和住院费。把老人安置妥了，他跑着去上班，结果还是迟到了。解释半天，办公室还是要罚款，他一气之下说，那就算旷工吧。扭头又回了医院。

领导白了主任一眼，问小金，后来呢？

老人是突发脑血栓，不能言语。更要命的是，找不到他的家人，医院抓住我不放，我肠子都悔青了。我连续垫付到三万多元，老人才会开口说话。原来老人的儿子在国外，他回来后，要接老人出国。老人坚决不同意，淌着口水说，快死的人了，死也死在自己的国土，死在自己的家乡。老人的儿子没办法，紧紧拉住我的手说，兄弟，我提个非礼要求，求你照顾我老父亲吧，我的科研课题完成了就马上回来，你帮帮我吧，我知道你会为此吃很多苦，但父亲交给你我才放心，我给你开工资。

主任问，你答应了？

我望着无助的他，又望望病榻上的老人，心一软，就答应下来，但不答应要工资，我说，如果给工资，你们就自己请雇工吧。

看看，小金的风格多高尚。

老人的儿子走后，我和爱人轮流去照顾老人。慢慢地，老人恢复得可以自己穿衣，可以自己吃饭。

后来呢？

给良心打个补丁

岁月不饶人，这不，才两年多的时间，老人还是走了。

然后呢？

老人的儿子料理完丧事，紧紧拉住我，硬塞给我一张银行卡。我坚决不要。老人的儿子泪如泉涌，说，这是我的心意，更是父亲的心愿，父亲一生是知恩回报的人，你接受回报，老人家才会含笑九泉，我的内心才安。

领导说，你要了？

我和他说，既然这样，那就让更多的人知道你们回报了我，明天你敲锣打鼓地送来，我就收下。后来的事情你们肯定都知道了，不然今天也不会来。

你真的收下了？

真的收下了，并且是一大笔钱。

那你对这笔钱怎么打算呢？

这是我个人的事情，谢谢领导关心。

难道你真想留下这笔钱？难怪这么多天都没啥动静。主任指着一位从始至终都低头往本子上写字的人说，你的事迹他都记录了，他是准备报道你的，我和领导都希望你后面的事迹更精彩……

虽然我帮助别人时从没想过图回报，但回报同样是真诚和发自内心的，不可违拗。

那，你肯定是想用这笔钱来做社会公益或捐赠灾区，一定是！领导微笑着引导。

不，老人是希望我过得好些，我不能违背老人的心愿。

小金！办公室主任几乎是喊，今年还打算让你当助人为乐的标兵呢，你可要珍惜和把握啊！其实我们今天来，就是来帮助你提高思想认识的！

第二辑 灯火通明的小巷

小金被喊得一激灵，不过马上又平静下来：助人不是做给谁看的，不是做表面文章，帮助别人时会感到快乐，所以今后我依然会尽力去做。至于老人送给我的钱，我要尊重他的遗愿，他是真心想回报帮助了他的人，我不想让善良的灵魂在天堂里不安，就像我看到有人需要帮助，而如果我因为什么没能伸出手去，心里会难过很久一样。

一片沉静。

小金走到门口：领导们，如果没有其他的事情，我们要吃饭了，不留你们。

事件直击

黄二是救狗事件的直接目击人……

黄二是救狗事件的直接目击人。

黄二在靠近公路的空地上摆个摊子，卖方便面和矿泉水。晨曦下一辆大卡车拉着一车狗，缓缓地停在路边，司机走到黄二的摊子前，买了两瓶矿泉水和两桶方便面。哀哀的犬鸣和刺鼻子的气味一起袭来，黄二连打几个喷嚏。揉揉鼻子，指着一车狗问，这得多少条啊？司机说，有420多条。黄二舌头在口里啧啧直响。

司机重新坐回驾驶室，路却被一辆小轿车堵住。车里的人一边打电话，一边朝司机摆手，让司机下来。那人打完电话，对司机说，哪来这么多狗？

给良心打个补丁

司机说，收来的。

那人问，往哪里运？

司机说，东北，那边爱吃狗肉。

那人说，你知不知道，这是剥夺弱小动物的生命权啊？

司机说，关你什么事？让开！

那人说，我就要管，我是幼小动物保护协会的，不但我管，我们协会也要管。

司机说，我是正常营运，你要胡闹我可报警了。

那人说，报吧，你不报我还要报呢。

两人纠缠的功夫，又先后来了几辆轿车，依次停在运狗车的前后左右。来的几个人和先前的一个打着招呼。黄二听他们说话的意思，他们并不认识，而是从什么微博上看到的消息，才匆匆赶来的。

司机软下来，说，别闹了，我要赶时间。拦车的说，你把狗放了，我们让你走。司机说，凭什么？我这是花钱买来的。

又陆陆续续地来了十几辆小轿车，来的人都纷纷加入进来，让司机放狗。路被堵住了，后面的车按起了喇叭，乱哄哄一团。警察真的来了。

警察询问缘由，司机拿出了动物检疫证明和相关手续。警察向拦狗的人群说，车上证件及手续齐全，也没交通违章，请大家不要拦截。众人说，我们都是小动物保护协会的志愿者，我们不能眼睁睁地看他把一车狗送进屠宰场。

司机说，这是商品，是咱们餐桌上的一道菜，每天都有车拉活鸡、活羊，那你们为什么不拦？

你这一车狗来路不正，看，很多狗脖子上还有链子，肯定是偷来的，不知丢狗的人家心里多难过呢。警察，你要主持正义！

第二辑 灯火通明的小巷

警察说,你们赶紧把道路让开,不要堵塞交通。

人群没有丝毫让路的意思,反倒一起有节奏地大喊:放狗,放狗!放狗,放狗……

中午的骄阳很是火辣。有人说,这些狗多可怜啊,拥挤在这么小的铁笼子里,太不人道了。说着,掏钱买了黄二的几瓶矿泉水,打开递到狗笼前。一些人受了启发,也纷纷走到黄二摊前,买矿泉水。黄二的十几箱矿泉水很快卖光了。黄二懊悔着今天进少了货,忙对人们说,狗们其实更饿,我这儿也有方便面和火腿肠。

人越围越多,车越停越多。警察哑着嗓子说,狗的事儿你们尽快协商好,给后面让一条路出来。

人群还是乱糟糟的,每个人都在说,但又听不清具体谁在说什么。太阳像是怕吵似的,一下子就落下去。

终于,后面传来声音:会长来了!

人群不约而同缩出一条缝隙,一个中年人走进来,他声音抖抖地说,谢谢大家,谢谢大家对弱小动物的爱心!人们喊道,会长,你一定要保护下这些狗!

一脑门子汗的警察把双方代表拉到黄二的摊子后面,开始协商。

司机说,我不是没有爱心,我这是花钱贩来的,我爱心了,日子咋过?让我走吧,我保证下次决不干这生意了行吗?

会长说,你多少钱买来的?

司机说,算上运费,15万。

会长说,便宜点,我们买下。

司机还没表态,听到消息的又喊,不能买,今天买了,他有利可图,明天会拉来十车后天会有百车!

外面的志愿者有人惊呼,狗狗已经开始有死的了!

给良心打个补丁

有人哭泣起来，司机，你还有没有爱心，你还是人吗？

放狗！放狗！人们再次呼喊起来。

会长对司机说，便宜点，我们买下。

面对人潮，司机为难地说，总不能让我亏本吧？

会长说，既然我们是做慈善，也不会让你亏很多，但决不能让你赚到钱。

子夜时分，双方终于都让了步，谈妥了价格，可钱又成了问题。会长面带难色地对大家说，我只带了八万元，目前还差四万元，晚上也取不出钱，希望大家捐助一下！

好，同意！钱像粉红的雪片，这个500，那个1000地纷飞过来，眨眼间就凑够了。黄二擦了擦眼睛，总说世态炎凉，想不到世间竟有这么多善良可亲的人啊！

狗被解救了！志愿者们欢呼着，他们开来的小轿车立刻排成了整齐的一队，闪烁着车灯，他们将一起护送狗狗们去养殖基地。

黄二仰天长叹，他来这个城市快十年了，从没见过这样的场面，从没有遇到这么多的好人聚在一起，苦命的他这些年除了遭遇白眼就是不幸。肇事逃逸的车夺走了他的一条腿后，他就拄了拐在路边摆摊子，一边维持生计，一边梦想有一天能够装上假肢，像从前一样行走。

黄二看下自己的空裤管，又望望如龙的车队，眼睛一下亮起来，他夹紧拐，踉跄地踱到打头的轿车前，抬起干瘦的手，满怀希望地轻叩车窗的玻璃……

第二辑　灯火通明的小巷

三个电话

工程款的事儿你就再等等吧,做生意讲诚信讲道德,我们不差钱,也从没差过谁的钱……

一、施工队给承包商的电话

王总,您好!

什么时间来我这里喝酒啊?这几天没时间?有时间再联系?行。我们这里的特产大龙虾已经新鲜上市了,您可一定要来哟!

我也没什么事,真没事。啊?没事先挂电话啊?别,别,我还有点小事,咱的工程也结束了,合同内的我们做了,合同外的,只要业主提出来,我们也给做了,业主方很满意,您看,是不是把工程款给结了,您也知道,材料款我垫付了80%,农民工的工资都欠了大半年,怎么说也该给弟兄们开些钱了,拉家带口的都不容易。什么?您马上让财务给我们办款?那太谢谢了,遇到您这样爽快的老板真好!

二、承包商给业主方的电话

郭总您好:

我是老王啊!

给良心打个补丁

对，我打电话不是为工程尾款，您给了那么多，还剩这5%的质保金哪能催您呢？呵呵，您想什么时候给，就什么时候给，只要您对工程满意，我也就放心了！什么，非常满意？那就好，那质保金不用等合同规定的时间到期，现在就付行吗？呵呵呵呵。

今天给您打电话，是想让您认真检查一下，看还有哪里不满意，还有没有需要再完善的地方，如果各方面都满意，我可把应付给施工队的钱付出去了，不过您那儿再有什么问题，想修也困难了。好，您再检查下，这么大的工程，还能找不到一两处做工粗糙的地方？找几条出来，就够我们教育员工用，好让他们今后对质量方面更加精益求精。好的，就这样，我等着您给我发传真，您一定要盖了公章传来呀！

三、承包商给施工队的电话

老刘啊，事情是这样，我正安排财务给你汇款，郭总（业主方）就来电话了，对我发了一通脾气，骂我个狗血喷头，一个劲儿问你们专业是干什么的，之前干过这样的工程没有？

什么？你还说你们走时郭总很满意？满意个屁！那是他当时没来得及细看，真是一团糟的工程啊，我也不知道你们怎么干的。你来给维修？好啊，那怕是要重新返一遍工的，人家已经提了一整张纸的意见，传真件就在我桌上，你随时来看。你想较真是不，好啊，业主正求之不得呢，你做工程的不是不知道，要找毛病还能没毛病？

我跟业主方再说说？我能不说吗？毕竟咱们是拴在一起的蚂蚱，我还能不替你说话？闹心啊。刚跟郭总解释了半天，他让我说得才消了气,说再观察一段时间,没新的质量问题就不用去维修了。唉,工程款的事儿你就再等等吧,做生意讲诚信讲道德,我们不差钱,也从没差过谁的钱,这回是第一次遇到这样的事,竟是你们质量原因造成的,下回一定要注意了,给你们自己造成资金周转困难不说,也让我们背一个欠人钱的名声,多不好……

跟着杂志去打工

二根是第一次出来,是熟读了这本印有打工维权须知的杂志才壮了胆子来的。法宝一般的书啊,好比走夜路刚好遇见了手电筒,他很庆幸。

二根手像握着宝贝似的握杂志,背了行李站在城市的一条小街上,这里是自发的劳务市场。街的两边站满和他一般模样的人,他们像摆进农贸市场任由城里人挑拣的农副产品。

二根是第一次出来,是熟读了这本印有打工维权须知的杂志才壮了胆子来的。法宝一般的书啊,好比走夜路刚好遇见了手电筒,他很庆幸。

有人过来拍他单薄的肩膀:"我厂里缺人,去吗?"二根看着那人的大肚子,结巴着问:"你给多少钱啊?"

"你是新人,1000元一个月,等熟练了涨到1500"。

二根有些动心,他记起杂志里的话,问:"我们有医疗保险吗?"

那人拧了眉头,上下打量二根,说:"有。"

"有养老保险吗?"

给良心打个补丁

"有。"

"节假日加班的话是给300%的工资吗？"

那人笑了，露出被茶叶水泡黑的牙："给呀。"

二根也笑了："好，我跟随你去签用工合同。"

那人说："你不是两条腿的人，是三条腿的蛤蟆吧？这么金贵！"

周围几个农民模样的都大笑起来，爽朗的笑声表明他们和二根划清了界限，不是同伙。

那人大喊一声："1000元一个月，有去的吗？"

周围的几个人立刻围住他，远处还有闻声往这边小跑的。那人挑了三个年轻的，走了。走时还特意朝二根扭过头，鼻子很响地哼了声。

二根愣了，翻开杂志又看。是啊，文章里就是这么说的啊，我一句话也没问错啊，农民工要享受和城里职工一样的待遇啊。

过了好一会儿，又有人凑到二根面前："干建筑的活，1500块一个月，怕脏怕累吗？"

"不怕，农村出来的什么也不怕。管吃住吗？"

"管。"

"给……买保险吗？"二根嗫嚅地问。有刚才的被人奚落，底气明显不足。

"保险，什么保险？"

"医、医疗和养老保险啊。"

"咱是雇民工，不是请爹回去养着。"那人边说边抬起脚，板着脸往前走去，三五分钟就领了人折返回去。

街上的人少起来，早晨和他并肩站立的人被一批一批地带走。也没听他们讲什么条件啊，就问了多少工钱、什么工作就急急跟了去，

第二辑　灯火通明的小巷

有的连什么工作好像都没问,生怕答应晚了被别人抢了机会。难道他们没有听说过农民工该有自己的权益和保障?

太阳到了正午,二根肚子响起来。二根摸了摸衣兜里不多的钱,舔舔干裂的嘴唇,咽了口口水,权当吃了中饭。二根又翻看了几页杂志,就把它顶在头上遮日头。

太阳偏了西,街上的人更少了,更是不见了来雇工的人。

二根心里急起来,额头沁出汗。肚子饿得难受,就蹲在地上。

这时,远处有个声音喊:工地上要挖土方的,一天40元……

二根慌忙站起来寻找,想立即就跟定了那声音。起得急了,那本杂志"哗"地一下掉在地上。

二根匆匆瞥了眼,跨个大步迈过去。

第三辑　带上奶奶去拉萨

再晴朗的天空有时也会有一片云彩，再快乐的生活有时也会有一丝无奈。有多少无奈，就有多少的心酸；有多么可笑，就有多么的尴尬。生存，让我们做过多少不得已而为之的事情，又做过多少自己都哭笑不得的往事？有些事情其实你打心里就不肯那样做，但又为了什么，有时我们自己将自己逼入四面楚歌……

谁的爹重要

李芳听完，刀子似的目光柔和起来，气好像一下子都消了，说，我爹这里不用你管，你爹有姐照顾着更不用你管……

这几天可把李芳累坏了。公爹病了，阑尾炎住院。

丈夫小文只陪护了一个夜晚，李芳就不让他来了，说他白天工作太累，晚上就不能熬夜。小文满眼感激。同病房的都夸李芳是个好媳妇，看她这么心疼小文就问，你老公干什么工作的啊？李芳红了脸一笑：他呀，才是个单位办公室的副主任。

时间一天天过去，好不容易把老人伺候的要出院了，李芳突然接到妈妈电话，说她的父亲被送进附近的医院了！

李芳是独生女，她把这边都交代给小文的姐姐，急急忙忙往娘家赶。父亲是高血压中风。经过两天的紧张治疗，总算脱离了危险。疲惫的李芳松口气，又生了气，生小文的气：虽然我没和你说我爹病了，但你去看你爹时能听见姐姐说啊，没时间来看望，打个电话来也是人心啊。我那么细心地照料你爹，怎么换不来你对我爹的一声问候呢？你爹是爹，我爹就不是爹了？

越想越气，她给小文打电话，电话接通了，小文嘶哑着嗓子说什么事啊？我在医院呢。

李芳一听更气了，啪地挂断电话。过了一会儿电话响了，是小文的姐姐。姐姐问，大伯怎样了？你多辛苦下，我这也走不开去看望。这边咱爸昨天已经出院了，住到我们家里来了，你就安心地照顾大伯吧。

李芳懵了，公爹昨天出了院，怎么刚才小文还说在医院呢？她问姐，小文不在你家吗？姐姐说，这两天我压根儿就没看见他，还以为和你在一起。

李芳又给小文打电话，说，我爹中风住院了。小文关切地询问了几句，说，好，我一会儿抽时间去看看。李芳问，你在忙什么？小文说，不是说了嘛，我在医院呢。

李芳说，你爹都出院了，你还在医院干什么？和谁一起看妇产科啊？小文忙打断：这儿人挺多，一会儿咱面谈。

天很晚，小文才气喘吁吁地赶来。李芳冷着脸一言不发。小文说，爹病成这样，该早些告诉我。李芳冷笑一声说，我知道，在你心里

给良心打个补丁

我爹没你爹重要，可你自己的爹总该惦记吧？

这几天我真的太忙了，多亏了你，接连照顾了咱两个爹，辛苦了。小文凑过来在李芳脸颊上亲了口。

累点儿不算啥，但我想知道这两天你除了上班，还忙什么？忙得你连去看一眼亲爹的时间都没有，是什么比你爹更重要？

我真的很对不起你，更对不起咱的爹们。是这样，局长去外地开会了，刚好他爹重感冒住了院。不只是我，局里好几个人都主动去医院陪护，我这两个晚上都没合眼。

哦。李芳听完，点了点头，刀子似的目光柔和起来，气好像一下子都消了，说，那你赶快回去吧，我爹这里不用你管，你爹有姐照顾着更不用你管，你还是安心去守局长的爹吧。

小文听了，以为她是说气话，一动不动。

叫你去你就快去，事情要分轻重，感冒好得快，说不定明天他爹就能出院，不能错过这个表现的机会，快走！

不容分说，李芳把小文拽到门口，还在小文后背猛推了一把。

等候一餐荣幸的饭

你又撒谎，多长时间了还没吃饭？麦子磨成面也吃到嘴了，肯定吃完了你们正娱乐……

大刘本不想来参加这个同学聚会，昔日同学大多比他混得好，

第三辑　带上奶奶去拉萨

有乡长，有科长，还有大企业家……他是什么？一个体户，坐在一起哪里有他说话的地儿？可他又想念这些家伙们，再说人家也没小瞧他，每次聚会都通知，还从没让他做过东。他内心矛盾了好半天，就来了。来之前老婆叮嘱，吃过饭马上回来，唱歌跳舞的就不参加了。

大刘进了豪华酒店，迎宾引导他进了预定的包房。大刘来的不算早，可还是有没到的。又过了一个小时，人总算来齐，团团地围上桌子。组织这次聚会的是高峰，财大气粗的企业家。高峰说，先点菜，但暂时不上，市政府办公室主任刚才给我打电话，听说我在这儿喝酒，要过来掺和掺和。

某股长同学忙问，王主任吗？高峰说，是隋副主任，这家伙年轻啊，三十岁不到，是个有潜力的绩优股，跟我关系那是非常铁。高峰心里想，上次聚会你小子叫来个副局长敬酒，这次老子算压过你了。

股长开始向高峰打探，怎么和隋主任熟悉的。高峰很得意地笑，含糊着岔过去。股长一脸兴奋地说，等下可要好好给介绍一下。

重新又在重要位置上空出来张椅子，原本大声地说笑也拘谨起来，仿佛那位政府官员随时会推门进来。

时间慢慢地过去，主任还没来。有人问高峰，隋主任怎么和你说的？

他正在陪来视察的吃饭，人走了就过来，我再打个电话催催，服务员，先上两盘瓜子。高峰走出包房去打电话。一会儿进来了，微笑着说，还要再等会儿。

大刘的手机响起来。大刘一看，说，是我老婆打的。也要出去接。

同学们起哄说，你这气管炎，怕我们听到私房话啊。

大刘就不好意思再出去，在座位上接通了电话。

给良心打个补丁

老婆问怎么还不回来？大刘说，还没上菜呢，人没到齐。老婆没了下文，挂断电话。

大刘想，离他近的人肯定听见了话筒里的声音，自己忙打着圆场，说我老婆急性子。

同学们笑起来，说真是急性子，现在肯定已经在床上等着你呢。

大刘脸红了红。

两盘瓜子吃完了，再上两盘，又吃完了。

大刘的电话又响起来，他老婆问还没有吃完吗？大刘说，马上就吃饭了。大刘老婆一听，又挂断电话。

倦怠写在每个人的脸上，还有谁的肚子在咕噜地响。高峰说，要不咱边吃边等？

其他的人说，不用不用。

又让服务员给上两盘瓜子。服务员也着急了，问，可以上菜了么？

着急了？高峰说。

服务员说，是厨师们着急了，就剩你们这一桌客人了，上完菜他们就可以下班。

高峰脸一下拉老长，说，着急就让他们直接下岗吧，把你们经理喊来，还不把顾客当上帝了。

服务员连声说着对不起。

这时大刘的电话又响起来。高峰也觉等得时间太长了，想转移下人们的注意力。就跟大刘调侃，来活跃一下气氛：你敢把手机调成免提，让大伙听听嫂子有什么指示吗？

是啊是啊。大伙都跟着起哄。

大刘想老婆除了问吃饭之外，也不会有出格的话，就显出男子汉气概，说好。

第三辑　带上奶奶去拉萨

屋内立刻安静下来。

回来了吗？免提音很大，屋里人都能听到。

没有呢。大刘答。

你又撒谎，多长时间了还没吃饭？麦子磨成面也吃到嘴了，肯定吃完了你们正娱乐。

我什么时候说过，真是人没到齐。

不看看几点了，没到齐就算了，还等什么？

不是同学，是政府办的主任。大刘忙一脸严肃地解释。

就是市长又怎么了，就该让这些人干等啊？你们是同学聚会，怎么还非拉上个当官的？这是谁臭显摆面子大交际广啊？请个当官的来白吃白喝你们就荣幸了？做生意的照章纳税，合法经营，上班的任劳任怨，扎实工作，有必要巴结他么？钱多了烧的？花不了捐灾区呀。谁爱等谁等，你赶紧回来辅导孩子作业。时间不早了，回来我给你下面卧蛋！

不给大刘解释的时间，电话又啪地挂断。

一片沉静。

大刘尴尬地站起身说，我老婆就这德行，对不住大伙了，我先回去。

高峰脸红红地，拦住大刘说，别走，咱不等了，服务员，上菜！

路　遗

时运不济的黄连婶今天可是交了好运，接连捡到两笔钱……

给良心打个补丁

时运不济的黄连婶今天可是交了好运，接连捡到两笔钱。

黄连婶平日不出门，但一出门，准是去借钱。本村几乎都借遍了，不好再和谁开口。即使有人主动借钱给她，她也摇头，坚决地说，不要，先借的还没还上，已经拖累你们不少了。

黄连婶出了村，在路上走，后面有自行车响动，骑车的和黄连婶说话：又去王权村啊？

黄连婶站住，苍白的脸红了红，朝那人点点头。王权村是黄连婶的娘家，他娘家哥多。不过去娘家多了，嫂子们也没好脸色。但毕竟是自己的娘家，比借别人的心里踏实。

骑自行车的叫玉亮，下了车和黄连婶说，我带你一段吧。

黄连婶说，算了吧，你自己骑还这么大动静，哗啦哗啦直响。

玉亮看看自己的破自行车，嘿嘿地笑，手往怀里掏，说，婶，我这里有几十元钱，你先拿去用吧。

黄连婶忙拦住，你帮我的还少吗，我自己命苦，不能总拖累你们。

婶，我知道你好强。可我是外人吗？自家的远房侄子。

黄连婶说，你惦记着婶，婶感激不尽，主要是你也不富裕，我现在日子还过得去。

好吧，玉亮知道拗不过她，就说，那我先走了。

玉亮骑上哗哗直响的自行车，骑得很慢，比黄连婶走快不了多少。拐过一个弯，玉亮不见了。

黄连婶走过拐弯处，见路中央有一沓钞票。

黄连婶捡起来，数了数，不到一百元钱。天呐，这是谁这么马虎，一百元足可以买七、八袋化肥，足可以给黄连买一个月的中药，足够县中学读书的女儿三个月的生活费了……

往前后看，见不到一个人影。

第三辑　带上奶奶去拉萨

丢钱的马虎，玉亮也马虎，他走在我前面，愣没看到。黄连婶摇摇头，把钱装进衣兜，心想会和找钱的人遇见，就继续往前走。

迎面开来一辆农用车，在黄连婶面前停下来。是屠户柳三。

嫂子，你去哪里啊？

我去走个亲。

哦，俺哥一个人在家呢？

咋，你还怕他跑了？

柳三笑了，黄连终年躺在床上搂着药罐子，既不会跑也不会怕谁偷。

柳三说，嫂子，咱一起回家吧，有啥困难我给解决。

黄连婶说，你也没开印票子的机器，每天起五更杀猪，再赶集卖肉，生意做得也辛苦。

柳三说，嫂子啊，你不是困难到揭不开锅了，不会又回娘家。好，你去吧。柳三挠挠头，朝农用车上看看说，我在集上丢东西了，回去拿。

说完，农用车冒了一溜黑烟，掉转头走远。

黄连婶笑着摇摇头，骂句慌张鬼，掉转头回走也不想着带我一段路。

走出不远，黄连婶再次财运高照，又捡到一沓钱。拿在手上，油渍渍的，上面还沾有一星暗红的肉渣。

回到村，黄连婶找到玉亮和柳三。不想二人一口否认，说没有丢钱。

黄连婶说，你们不是丢，是故意放在路上让我捡。

俩人都说，俺俩是傻蛋啊？脑子有病啊？

黄连婶的泪就落下来，说，只要说钱是你们的，算我借得行了吧？

127

给良心打个补丁

不管她怎么说，两人就是不承认，异口同声地说，钱是你捡的，找不到失主就是你的。

黄连姊很无奈，两迭皱巴巴的钱像两块刚出炉的烤山芋，烫手。

思来想去，黄连姊最后把钱交给村主任，让给广播一下，找寻失主。

电喇叭里还没有广播，人们都知道了黄连姊捡钱上交的事。第二天午后，玉亮和柳三找了来，说，既然你铁了心不要，我们只有领回了。

黄连姊叹一声，我只有用这个法子逼你们出来。走，一起去村委会要。

到了村委会，主任柳大牙脸色酡红地躺在椅子上打盹。听黄连姊说完，柳大牙打着酒嗝说，你们都值得表扬，一边是慷慨助人，一边是拾金不昧。

黄连姊说，场面话就不用说了，快把钱退给他俩吧。

柳大牙不吭声，脸却更红了，反手把墙上的日历撕下一张，裁成两张寸宽的，把烟丝倒在印有"1989"的一半上，在手上一扭一转，就成了一只大炮烟。点燃深吸几口，让自己隐藏在烟雾中才说，上面总来人，村委会也没啥收入，刚好今天李乡长领几个人又来了，你捡的钱真是雪中送炭啊，今天吃饭的账结了不说，还把以前欠的也还了些。

三个人一下僵在那儿，瞪出的眼白如晒在河滩上的鱼。

第三辑　带上奶奶去拉萨

带上奶奶去拉萨

他要圆许诺给奶奶的梦，给自己良心一个交代，要和奶奶登上天安门城楼，要去看大雁塔，要走遍大江南北。他甚至想，他要和奶奶一起去拉萨，让奶奶的灵魂在纯净的雪山下，在格桑花的灿烂中和转经轮的梵音中得到慰藉。

"奶奶，您等着，我要带您去旅游！"

徐元第一次说这话的时候，眼里噙满热泪。是的，奶奶太不容易了，徐元从小没了父母，是奶奶把他拉扯大，省吃俭用供他读完大学。

徐元在北京读大学时，每年回来，奶奶总是眼神闪亮地问，"你去天安门广场了吗？看到天安门了吗？""你又去天安门了吗？"是的，天安门在奶奶这一代人心中是无比神圣的。徐元就说，奶奶，开学时咱一起去北京。奶奶说，不了不了，有那个钱还得给你备着呢。

徐元参加工作了，拿到工资后的第一个愿望就是带奶奶去城里转转。奶奶说，孩子，你是有孝心的孩子，奶奶没白疼你。奶奶看你长大成人，就心满意足，比吃蜜还甜。

徐元说，奶奶，您省吃俭用，半世辛劳，整天就是从家里到地里，最远也只到过镇上。如今孙子大了，我要带您去看看咱村之外的世界。

奶奶红了眼睛，掏出块蓝花手帕边擦眼窝边说，孙儿啊，有你这句话，奶奶就很知足。咱哪也不去，还要攒钱，给你结婚用。

徐元语气坚决地说，不，奶奶，您等着，下周我就请几天假，咱们一起去旅游！

给良心打个补丁

奶奶嘴上说不去,却一周也没休息好,每晚失眠。到了周末,天不亮就起床,换上过节才穿的衣服,把灰白的头发梳得油亮。

徐元却没有回来。徐元忙了,经人介绍,有了女朋友。

后来,徐元愈发忙碌,忙结婚,忙孩子,忙房子。他本想把奶奶接到城里给他们看孩子,但妻子不同意,说,你奶奶不讲卫生,字不认识几个,能带孩子吗?徐元就没了话。徐元每次回乡下时,都会旧话重提,奶奶,您等着,我一定带您去北京旅游,去南京,到拉萨,咱把祖国河山游遍,把全国的特色尝遍!奶奶说,奶奶老了,走不动了。徐元说,我就是抱着您,也要去旅游!奶奶不再说话,只点头,笑眯眯的,一片幸福。

孩子大了,徐元工作上也有了起色,成了单位的领导,每天除去开会就是出差,出差之余就是旅游,几乎没有时间回家,更不要说去乡里看望奶奶了。偶尔回去一次,他都会给奶奶说,奶奶,您等着,忙完这一阵儿,我就带您去旅游!奶奶身板还算硬朗,只是耳朵有些背,他说什么,奶奶都是先侧着听,听也听不明白,然后就点头。

接到奶奶寿终正寝的噩耗,徐元匆匆赶回乡下,对着冰冷的奶奶号啕痛哭:奶奶,您一生都在为孙子操劳啊,孙欲养而您不待,孙儿还没报答您啊,您走得太早了……穿上崭新衣服的奶奶,终于躺在为她叫来的专车,进行了一生中最远的一次出行,去县城火葬场。捧着奶奶温热的骨灰,悲悔交集的徐元痛下决心。

徐元坐上火车,拍拍胸前拎包里的骨灰盒说,奶奶,我们去旅游!

徐元在心里画了一张路线图,把几大名胜串在上面,他要圆许诺给奶奶的梦,给自己良心一个交代,他要和奶奶登上天安门城楼,要去看大雁塔,要走遍大江南北。他甚至想,他要和奶奶一起去拉萨,让奶奶的灵魂在纯净的雪山下,在格桑花的灿烂中和转经轮的梵音

第三辑　带上奶奶去拉萨

中得到慰藉。

　　走到行程第三站，已淡去很多悲伤的他刚下汽车，突然想到，联系最紧密的女网友就居住在这座城市。他禁不住给她打了电话，电话那头娇滴滴的声音立刻相约晤面。他一边用手理顺额前的头发，一边想着带奶奶同去绝对是大煞风景的事情。奶奶还是不要去了，自己最多晚上就回来了。

　　两天后，他才和女网友难舍地作别。走在街上，清风拂面，他才恍然记起奶奶，记起此行的目的。他顾不上挥去额头豆大的汗珠，匆匆赶到汽车站旁的那家大型超市，手中的密码条却开不了寄存箱。他找来服务人员，服务员说，早过期了，寄存箱当天有效。他问，那我寄存的东西呢？服务人员说，隔天不取，做无主处理。

　　啊？哪有这种事？我要找你们领导！

　　找吧，规章都是领导定的。我们免费寄存箱只是提供暂时方便，还能当成银行的保险箱永久使用啊？

　　奶奶消失了，奶奶融化在这个城市了！他茫然了半天，重又走进超市，买个大号购物袋，表情凝重地从这个城市路边花坛里捧起几把泥土，边捧边想，一定要买个价格昂贵的骨灰盒，一定请几班技艺高超的鼓手，一定在村里给奶奶风风光光地出个大殡！

门前有棵树

　　所长擦下额头，说，枯树挖走了，刚好种新的嘛，植树节眨眼就到了。

给良心打个补丁

明天是星期六。快下班的时候，局长看看台历说。

办公室方主任望着局长的脸说，是啊，寒冬过去，将迎来春暖花开的星期六。

局长呵呵地笑道，让你这么诗意地一说，我都想融入大自然了。

方主任说，明天我请你去钓鱼吧。

局长说，不去了，咱下面所里有什么情况没有？

方主任狠劲挠了挠头皮，终于一笑：局长，前天我去柳乡所，看门前的一棵大树枯了，我还跟他所长说要注意干树枝被风吹落伤人。你看，要不明天局机关（领导们）加个班，把那树给收拾了？

柳乡镇美丽富庶，镇内建设堪比县城，镇外有千亩杏林、千亩桃林、千亩苹果。眼下乍暖还寒，该是杏花飘香的时候。柳乡还有特色名吃全驴宴，赶上节假日，有专门从京津开小车来一饱口福的，吃饱了捎带踏青赏花。局长喉结滚动了一下，问，枯的是棵什么树啊？

不是杨树就是柳树，反正挺大的一棵，真要掉下树枝来砸人砸车，那损失就大了。

局长说，好，你赶紧写个报告吧。

方主任忙伏在桌子上写。

关于砍伐柳乡所门前枯树报告

为消除危及办公场所的安全隐患，拟组织局机关人员，利用假日去砍伐柳乡所门前枯树。需申请以下费用，望领导批准：

购买斧头、板锯、绳子等砍伐工具多件计 126 元

出动轿车一辆、拖工具皮卡一辆，共需加汽油 225 元

午餐补助 120 元

相关人员假日加班补助 668.50 元

写完了，交给局长审批。

局长边找笔边说，预算准确吗，可要经得起审核啊。

方主任说，相信我的觉悟，我都是按相关标准算来的，不会多报一分。

第二天一早，一行人到了柳乡所门前，门前连枯树的影子都没有。

局长说，树呢？

方主任额头立刻亮晃晃的，说，是啊，昨晚我是要通知所长的，不想他关了机。

所长小跑着出来，对着每个人点头：真是对不起，前天方主任来批评了我树的事儿，昨天下午我让村里的老乡给弄走了。

方主任问，多少钱啊？

所长说，100元。

方主任说，你看看，还花钱请人，咱自己人也是闲着。

所长说，是卖给他，他自己来挖去当柴烧。

不错不错，咱白跑了一趟没什么，这费用……咱自己摊了吧？局长望着方主任。

所长擦下额头，说，枯树挖走了，刚好种新的嘛，植树节眨眼就到，欢迎领导们提前来搞绿化。外面天冷，树苗已经安排人去买了，先去所里坐坐吧。

对，既然来了，咱就植树吧，我回去把报告改改。方主任边笑边看局长的脸。

局长微笑着摇摇头，好像很无奈地下了车。

太阳西斜了，一行人歪斜着回到车上，方主任从车窗内探出头来，指着门前的树坑，大着舌头叮嘱所长，星期一前，一定要把树种上。

所长说，放心吧，一定，一定。

给良心打个补丁

影响力

　　出殡当天，柳老师灵棚前却人山人海，柳老师历年教过的学生都从校友微博上得知了这个不幸的消息，他们从天南海北地聚到灵前，每人手捧一朵金黄的菊花，映得满街金黄。

　　日近午时，柳老师还在秋阳下走绺儿。面前嘎吱停下辆小轿车，车玻璃摇下来，是胡乡长。

　　胡乡长问，有事？

　　柳老师说，没事。

　　胡乡长说，别瞒我，快说。

　　原来今天是柳母80岁生日，前半月柳母就念叨起一些亲朋，特别是一些多年难得一见的旧人。人老了想人呐，柳老师想哄母亲高兴，就通知了一些直系和旁系的亲属，大家都满口答应，说到了那天一定来给老人祝寿。柳老师便根据人数在饭店定了几桌饭菜。谁知，今天过了十一点钟，除了自己的姐妹和舅家表弟，并没有来几个人。电话一问，有事的有事，加班的加班，大多数不能来了，没说不来的，到这个点儿也还不见踪影。老伴指着柳老师鼻子说，你个穷老师，谁能巴结你？你就只知道教书育人吧！虽是骄阳似火，柳老师却让老伴数落得彻头彻尾的凉。

　　胡乡长听完，哈哈一笑，别浪费，我给去吃了吧。柳老师苦笑笑，说，你再多几张嘴也吃不完。

　　胡乡长打起电话，说，我干妈过生日，我请你们吃饭，来喝酒啊！

第三辑　带上奶奶去拉萨

本已冷清的生日宴会，添上胡乡长这根柴，一下子热闹起来。来的人跟胡乡长握过手，又凑到柳母面前，虽素不相识，却都像对至亲一样说着祝寿的话，末了还递上一个个红包。

酒席宴间，推杯换盏，柳老师听到有人问，老胡，你啥时有个干妈？胡乡长说，早就有，你眼红了？

问的人说，眼红也不抢干妈。欸，我记起来了，你家那条藏獒还在吗？

在啊。

去年给狗做满月，今年该请我们来给狗做周岁啊？

那都是几个村主任起哄搞的，哪是我的主意呀。胡乡长说到兴奋处，满面红色：先是周村的村主任，听说我家弄来只一个月的藏獒，非要星期天来喝酒，我说想来就来吧，多来几个咱凑成一桌还热闹。哪知他到处打电话，通知了其他村里的村支书和村主任不说，还有乡里一些企业的老板，整到最后，竟摆了20多桌！

还不是你团结群众，广结善缘！有人附和着。就是、就是，再和胡乡长干一杯！

酒足饭饱，众人散去，柳老师把一摞红包递给胡乡长。胡乡长不接，给我干啥，拿这个买单，剩下的给伯母做几件新衣服。说完打着酒嗝叼根牙签走了。

老伴说，看人家乡长就是乡长，多大的影响力。当初你若是去了政府，这些亲朋旧友谁会不来？

柳老师年轻时，乡政府曾向学校要个写材料的，学校推荐柳老师，柳老师当时却一心要扎根教育事业，学校只有另派胡老师去，也就是现在的胡乡长。

半月后的午后，柳老师和胡乡长又相见了，两人同乘一条船。

给良心打个补丁

柳老师从河那边的县城开会回来，胡乡长刚好也从河那边回来，一嘴的酒气。本来河上是有座桥的，新修没几年的桥，却突然有了裂痕，成了危桥。柳老师坐在船舱内，而胡乡长却不听劝阻，执意站到船头看两岸风光。连日降雨，水流湍急，浪拍木船，船身一晃，胡乡长失足落入水中。柳老师下河救人，不想却被胡乡长慌乱中死死抱住手脚，两人不幸双双遇难。

柳老师生前没多少朋友，丧事从简。胡家想着胡乡长生前好友众多，不想周全恐到时候难以抵挡。出殡当天，柳老师灵棚前却人山人海，柳老师历年教过的学生都从校友微博上得知了这个不幸的消息，他们从天南海北地聚到灵前，每人手捧一朵金黄的菊花，映得满街金黄。相比之下，胡家那边出乎意料的冷清，在酒店里预定了多少桌酒席不清楚，但灵棚前，除了本家的孝子、亲朋和卖力的吹鼓手，几个乡政府来帮忙的人员，再就是从树梢上飞下来好奇张望的鸟儿……

出　逃

我不是坏人，但我是穷人，我是听你说了6胞胎的事情才铁心逃跑的。我就是红松林村的，村里没人姓马尔，而是姓卡尔的，就我一家！

天黑透了，雷诺才一身泥土地从山沟里出来。汽车站一片漆黑，雷诺在门外徘徊张望了好一会儿，也没有往来的客车。他叹口气，只好找家旅馆住下。

第三辑　带上奶奶去拉萨

找了家便宜的小旅馆,老板安排他住进普通房间。雷诺进了屋,里面已先住了一个人,那人正斜靠在床上看杂志,见来了人,眼睛从杂志上移过来,笑笑:哪里来何方去啊?

雷诺疲倦地一边躺在床上,一边说,是山里采矿的工人,着急回家,又舍不得耽误一天的工,下了班才往车站赶,山路崎岖,紧赶慢赶,还是没能赶上最后一班车。

那人说,听口音,你是萨省的吧?雷诺点点头,说,是啊。

那人微笑出一口洁白的牙齿,说,我是尼克森林小镇的。

雷诺也惊喜起来,这么巧,咱是同乡!

那人问,你怎么来的这里呀?雷诺叹口气:你也知道,森林小镇的森林经过几十年肆意砍伐,现在连棵树苗都没有了。连年干旱,土地沙化,已产不出粮食。可要生存啊,我没啥特长,有的只是力气,就来这里的采石场,整天和石头打交道,待遇差不说,手机没信号,连个公共电话都没有。老兄,你是干什么的?

我是跑运输的司机,常年在这条公路上跑。今天累了,不想疲劳驾驶,就住下来明天一早走。干脆,你搭我的车回去吧,你只负责我们路上吃饭就行。

雷诺连忙称谢,说,我都七个多月没有回去过。

那人说,你们工资很高吧?雷诺苦笑笑,哪里高,累死累活的,只能勉强填饱一家人的肚子。儿子就要上小学了,可老婆还非吵着要再生个和她贴心的女儿。

你老婆和你在一起?

不,她在家,前几天刚寄来的信,催我回去。

那人又笑出白牙,是说她自己在家寂寞吧?

雷诺也笑了,说,她现在顾不上这些了,马上就要当妈妈了,

给良心打个补丁

我急着赶回去就是为了照顾她生产。唉，日子已经很难了，再多一张嘴可怎么过？这次我就跟工友们借了一些钱拿回去。

听到说生孩子，那人忽地从床上坐起来：咱们那里发生了一个特大的新闻啊！那个叫红松林的村庄，一个孕妇离预产期还有半个月就突然生了。

早产也算新闻？

问题是她生了6胞胎！我的天啊，真是太神奇了，方圆几十里都轰动了。

啊？这么稀奇？什么时候的事情？

前三天吧，人还在医院，听说母子们都平安，就是所有的医疗费用还分文未付，目前孩子们吃奶都是问题，全靠好心人送点奶粉来充饥。这也不是长法，要知道，咱那里没了森林和土地，每家每户的日子都很困难啊。

你听说是姓什么的人家吗？雷诺追问。

不知是姓卡尔还是马尔？

卡尔？雷诺惊得一下坐起来，追问了一句。

可能是吧。那人边说边又躺到床上看杂志，对了，还有一个新闻，当然，已经不算新闻了，就是森林小镇超市枪杀惨案，你肯定听说过。发生快有一年了吧？至今还没有破案。先是悬赏50万，现在上级限期破案，警察局加紧了调查，并且一下子把赏金提高到了500万！500万啊，谁发现了那个罪犯的线索就发大财了！你说罪犯会逃到哪里去呢？

时间过去好半天，也没听见雷诺回答。那人往对面一看，躺在床上的雷诺好像已经睡着了，身体却像寒冷似地微微抖动。听着雷诺忽长忽短的呼吸，那人细细地打量起雷诺。

第二天一早,那人喊醒雷诺,该上路了。

雷诺躺着不动,说,你自己走吧,我有东西忘在矿上,要回去拿。

那人说,你快去拿,我等你。

雷诺坚决地摇摇头,说,不用等,你走吧。

雷诺估计那人开车走远了,才起了床,收拾好行李,出了旅馆,走进汽车站。满含泪水地久久凝望通往家乡的汽车,然后毅然坐上了方向完全相反的汽车。

几个警察突然冲上来,后面跟着昨晚和他同宿的那人。那人朝他一指,警察快速把他摁倒。

雷诺奋力反抗着,你们想干什么?

那人眼睛里闪出金子的光亮,说,昨天急着回家,刚才又不走了,现在又反方向走,是听说正加紧破命案怕了吧?

雷诺说,放开我,我不是杀人犯!

雷诺越是挣扎,几个警察就摁得更紧。

那人摆出一副法官的模样问,那你为什么逃跑?

大颗大颗的眼泪滴下来。雷诺说,我不是坏人,但我是穷人,我是听你说了6胞胎的事情才铁心逃跑的。我就是红松林村的,村里没人姓马尔,而是姓卡尔的,就我一家!

家乡有特产

刘部长,您真是见外了,自家地里产的东西,不值钱的。小柳一边说,一边坚决地推开我的手,脸竟一点儿也没红。

给良心打个补丁

单位新来了大学生小柳。我问小柳家是哪里的,小柳说,河北沧州柳镇的。

哦?我不由来了兴趣:我知道那里,你们那里名胜多古迹多,历史名人和文化名人也多,当代大作家王蒙、蒋子龙都是沧州人。

是吧?小柳眼神有些疑惑地望着我。

怎么,你不知道?

小柳说,我是学理科的。

不管文科理科,民间传说总听大人讲一些吧?保宋抗辽的杨家将就在你们那里多年征战。

好像是吧。

怎么,你也不知?

我,我听的少。从我懂事儿就进了双语幼儿园,整天弄的是ABC,从小学到中学都是在县城里全托的寄宿生,很少和爷爷奶奶接触,没听过民间故事。

哦,是了。我还知道你们那里出产花生和金丝小枣。对了,你们那里还盛产枸杞,色泽红润,籽少肉厚,书上说你们那里的枸杞不次于宁夏枸杞。

是的是的,刘部长,您去过我们那里?

我没去过,但你们那里的地方志我是读过的。我得意地说,我有个好朋友是你们那里的,不过好多年没联系了。

还是您博览群书,经多见广。

金丝小枣和枸杞都是滋补的好东西啊,尤其是枸杞,它能延缓衰老、消除疲劳、补肾益精、养肝明目,泡茶泡酒亦可,炖鸡炖肉亦可。

那我以后给您带些来。

说说而已，现在物品全国流通，这些市场上都有卖的，不烦你大老远的带。

不算什么，街上卖的，肯定没有我们那里的好。

国庆节放假回来，小柳递给我一个大纸包，说，刘部长，请您品尝我们那里的特产。

谢谢你，多少钱啊？

不要钱，自家地里产的。小柳说完，脸竟害羞似地红了。

一边打开纸包，我一边大声夸赞，好大好饱满的枸杞啊，色泽鲜艳红润，药效一定不错！

办公室的人都围拢来，三下五除二，就把一大包枸杞分了。接下来的一段时间，我们一边喝着芬郁淡红的枸杞茶，一边夸奖小柳：小伙子，人不错。

于是，小柳在春节后从老家回来，又带来一袋金丝小枣和更大的一包枸杞，分给大家。

大伙围拢来，七嘴八舌地说，这是贵东西，弄这么多来，不能不给钱了。

小柳擦把额头，脸红了不说，还口吃起来：自、自家产的，我爸说了，不要钱……只要大、大家多……帮助我进步就、就行了。

大伙欢天喜地把红枣和枸杞分了。

小柳人不错。大伙儿往放了枸杞的杯子里倒开水，气雾氤氲时都会这样想。小柳就真的被评上年度先进工作者了。

我和小柳提起的那位多年没联系的朋友突然来了，提着半袋金丝小枣，身后跟个青年。原来他是领儿子来本市大学报到的。我说，我们单位新来个你们沧州的小伙子，人不错，也总给我们带你们那里的金丝小枣和枸杞。

给良心打个补丁

他说，我们那里只产金丝小枣，不产枸杞的。

怎么不产，你送给我的地方志上白纸黑字写着呢，并且小柳也给我们带来了。

不可能的。好友认真地说。

你们家附近不产，难道别处也不产了？沧州地面儿大着呢。

都不产的，要知道我是在农业局工作。

那地方志上写错了？

不错，但那是很多年前的事情了。以前沧州多洪涝，土地多盐碱，这样的土地不长庄稼适合种枸杞。枸杞虽是经济作物，但产量不高。自从根治海河后，盐碱滩变成良田，种植枸杞也成了历史。

你确定现在再没有种植枸杞的？

敢跟你打赌！

暑期里小柳回了趟老家，照例给我们带来一大包枸杞。我拿在手上掂了掂，参照了解的宁夏枸杞的价格，掏出几张人民币，对小柳愧疚地说，都怪我说你们那里产枸杞，怪我夸你们那里的枸杞好，对不起，下次再不要带了，这钱你一定得收下。

刘部长，您真是见外了，自家地里产的东西，不值钱的。小柳一边说，一边坚决地推开我的手，脸竟一点儿也没红。

喝农药新编

人们奇怪了，既是真药，老朱怎么没死呢？老朱更奇怪，甚至开始自命不凡：没少喝呀，我怎么这么命大呢？

第三辑　带上奶奶去拉萨

老朱又喝了农药！

老朱在菜地里和老伴争吵后，回家喝了农药。等被家人发现了，人还能均匀地呼吸。老伴一通哭：我不就是说了句嫌你把菜卖便宜了吗？你个小心眼儿，值得寻死？

闻讯赶来的街坊四邻急急火火要送老朱去医院，老朱脸白白地摆着手：已喝下大半天了，不难受，死不了的。这样说着，人们动作就慢下来。等送到医院，老朱已经像平常一样精神了。

见老朱平安，人们都松口气，说，黑心的农药厂，又生产假药了。

老朱第一次喝农药是很多年前。那时老朱还是小朱，刚结婚，小两口还在磨合期，为点小事大打一架。小朱想不开，就喝了大半瓶农药。喝下就后悔了，跑到街上喊救命。当时交通工具差，人们用驴车一路颠簸着送他到三十里外的镇医院。医生仔细看了，却说没有生命危险。小朱喝的农药是伪劣产品。

拣回一条命，一村人敲锣打鼓地给农药厂送了面锦旗去。没毒死人是好事，农药厂却因此被勒令停产整顿。后来产品质量虽然上去了，销路却好多年才好转。

老朱这次喝农药没死的消息传到农药厂，农药厂的领导第一时间主动上门，回收并封存了老朱喝剩的大半瓶农药，说带回去交技术监督部门检测。

检测结果出来：农药质量合格。

农药厂负责人又提了化验剩下的半瓶药回来，当着村人的面，把农药掺到食物里，让带来的试验动物吃了，动物当场死亡。

人们奇怪了，既是真药，老朱怎么没死呢？

老朱更奇怪，甚至开始自命不凡：没少喝呀，我怎么这么命大呢？

人们私下议论，别看农药厂拿回来的半瓶药毒死了动物，老朱

143

给良心打个补丁

不死，肯定还是农药的质量原因。

农药厂很重视这样的言论，要知道这方圆几十里都是蔬菜种植区，农药销量大得惊人，再不能让传言毁了来之不易的产品市场。为了把老朱的不死之谜查个水落石出，农药厂不惜血本，从大城市请来几位权威专家，会同本地质检主管部门，共同调查。

专家们忙了几天，先从农药厂的原料及生产加工查起，后来就围绕老朱开展工作，又是询问又是抽血化验，还看了他在菜田的劳动，化验了他种的蔬菜。

专家最后在村里开现场发布会，宣布农药确是合格产品，可以放心购买。至于老朱没被毒死的原因，是老朱种菜已有二十多年，他每天都背了喷雾器给蔬菜打药，长期的接触让他身体里有了很强的抗体，所以他喝上几口农药可以做到毫发无损。

哦。人们明白了。

农药厂的领导终于吁出一口气。

专家们建议：咱少给蔬菜打点药不行吗？

老朱坚决地摇头：不行，蔬菜生长三要素，一浇水，二施肥，三打药，必不可少。特别是农药，两天不打就虫害成灾，蔬菜减产。

专家小心翼翼地问：咱这里种出的菜都卖哪里了？

老朱说：咱这里产量大，有专车来收购，贩子说销往各大城市。

哦。大城市来的专家们叹气后又摇摇头，望着过往菜农刚采摘下来的，看上去水灵可爱的蔬菜，身上起了层嫩黄瓜刺儿似的鸡皮疙瘩。

第三辑　带上奶奶去拉萨

拯　救

放心吧，一时糊涂的人，给他改过的机会，他一定会珍惜。

"美女鱼塘"远近闻名，老板叫桂英，中学毕业后，撺掇父兄搞养鱼，风里水里几年下来，赚足了钱，也吃尽了苦。

腊月里生意格外好，这天刚过子夜，看塘狗就叫起来。来个陌生的年轻鱼贩，开着没上牌照的崭新农用车。桂英问是哪儿的，要多少鱼。那人说是邻县的，能装多少就要多少。桂英忙张罗着和父兄打网。功夫不大，活蹦欢跳的鱼儿上了岸，过磅，装进农用车。忙完了，脱下水裤，桂英冷得把一双湿淋淋的手放在嘴边。

鱼贩掏出一沓崭新的钞票，数好了捏得嘎嘎响。桂英带鱼贩进了屋，从柜子里搬出验钞机放到桌上。鱼贩迟疑一下，把钱又装回棉袄口袋，"哎哟"一声往外走："光忙鱼了，我得先去方便一下。"

看塘狗狂叫。桂英出去看，是鱼贩掉进鱼塘，正在冷水里扑腾。用力把鱼贩拽上来，桂英喊她哥哥：快给这位大哥找套衣服换上！

从里到外的干净衣裤递到鱼贩手上。鱼贩颤抖着接过，去里面房间换好，又提着湿漉漉的衣服出来，掏出湿成一坨的钱。

桂英看看鱼贩，说："哎呀，这湿了的钱……"

"都怪我不小心……"

桂英把验钞机放回柜子，接过钱。鱼贩嘘出口气。桂英把钱一

145

给良心打个补丁

张张揭开，平摊在桌子上，一五一十地数了，问鱼贩："你是才做这生意吧？"

鱼贩点点头。

桂英说："看你农用车还没上牌照，遇了交警是麻烦。"

鱼贩说："才买的，赚钱心切，回去就上。"

桂英问："上了牌照还来吗？"

鱼贩说："肯定常来。"

桂英笑笑："头次贩鱼怎就辛辛苦苦跑这么远？"

鱼贩说："我奔了你的名气来，再说赚钱哪有容易的。"

"是啊，赚钱辛苦，不像坑蒙拐骗来得快。但犯了法就像这鱼儿，早晚会落网。"桂英摊平一双手说，"致富靠双手，看我这双致富了的手，哪还像女孩子？"灯光下，修长的手指上虽然有一白一黄戒指闪亮，皮肤却红肿粗糙。

鱼贩低头无语。

正要开车走，桂英又从屋里追出来，扔给他一件军绿棉大衣，说："穿上，路上风硬！"

鱼贩迟疑着，嘴巴动了动。桂英说："下次来时捎来就是了。"又有来拉鱼的车，灯光一闪一闪地开过来，鱼贩才缓缓地开车走了。

中午，桂英哥数着晾干的钞票，大惊失色："妹子，这全是假钱！"

"哎呀，那你赶紧去追呀！"

"到现在了还上哪追？你呀，老逮鱼的，还让鱼鹰啄了眼。"

桂英看哥哥着急的样子，笑出声来："我早知道是假的。"

"知道还收？"

"他拿来假的，哪有真钱给你？"

"那也不能收假的呀，再说咱一个电话就……"

第三辑 带上奶奶去拉萨

"一个电话，就改写了一个人生啊。放心吧，一时糊涂的人，给他改过的机会，他一定会珍惜。"

"说得轻巧，好不容易骗到手，还能回头？"

正说着，看塘狗又叫起来。往窗外看，那辆没牌照的农用车开到塘边停下来，鱼贩真的回来了。哥哥疑惑地望着桂英。

"咱对他好，他自然会良心发现。"桂英捋了捋垂在脸上的一缕秀发，调皮地笑，"何况我还放了'诈弹'，给他的棉袄内袋里有张纸，写着'鱼塘有验钞机，更有摄像监控'，他卖鱼装钱的时候自然会看到。"

新　衣

烟鬼六赧红着脸说，我出钱，再去买新的。老伴望着面色渐渐蜡黄的花哥说，不用了，这是命，天生的穷命啊！

一大早，烟鬼六急匆匆地出了村子，别人问，火烧了屁股，这么急？烟鬼六吸口夹在手指上的香烟，边吐出烟雾边说，给花哥去买新衣。听的人打个愣，嗯，花哥终于能穿新衣了。

花哥外号叫花和尚，简称花哥。花哥不是人品有问题，是家里兄弟多，自幼吃穿上受尽委屈，屁股光到七八岁，到了必须遮羞的年龄，那缝了又缝补了又补的，才穿到他身上，花和尚是说他的衣服像和尚的百衲衣，这个绰号差点葬送了花哥的青春。二十大几了，他三姑给提了一门亲事，女方一听叫花和尚，打心里不愿意，三姑说，小伙儿精神着呢，是因为以前家里穷，接着把花和尚的由来讲了，

147

给良心打个补丁

女方才答应见面。一见面,一表人才穿着得体的花哥像一道闪电,瞬间照亮了姑娘的心房。

新婚三天,花哥身上的新衣服不见了。新媳妇问,你的衣服呢?花哥掸掸前襟上的几块补丁说,还给人家去了。衣服都借?惊讶的新媳妇又问,还有什么是借的?给你家的彩礼,成亲的所有开销,都是要今后咱俩还。你父母给你留下了什么?花哥说,除了这副身板,再没别的,连咱住的这间房子以后也要给弟弟,不然,他会连个媳妇都讨不上。

难怪你叫花和尚。新媳妇眼泪在眼眶里转了几圈,拉住花哥粗壮的手,声音颤颤地说,时光长着呢,咱慢慢自己挣吧。

这一挣,就是四十年。

花哥两口子还清了所有欠债。

花哥两口子两三年生个孩子,生育史延续了近20年。又把这些孩子都供上了学。

花哥两口子还住在草棚里,却给三个儿子盖了高大结实的砖房瓦舍,给儿子们都成了家。

三个女儿依次长大,花哥两口子怕她们让婆家小瞧了,都给准备了一份还算丰厚的陪嫁。

花哥两口子没别的本事,全靠双手劳作,全靠从自己嘴里身上节省。操办完这些,头发也灰白了。

花哥依然穿着旧衣服,不过现在是拣儿子们的穿。今天一件中山装,明天一件绿军装。老伴说,你该有件新衣服了,孩子们都大了。花哥说,问题是我穿了去干什么呀,每天干活,刚穿上就脏了。

烟鬼六说,叔,你该享受了,穿件新衣服吧,怕是还没穿过不带补丁的衣服吧?花哥说,和你婶成亲时穿过,不过是借你爹的。

第三辑 带上奶奶去拉萨

后来你婶用她压箱底的钱买过一件，俺家你小叔正是定亲的年纪，我又给了他去。让你这一提醒，我自己还真没有过一件新衣服。烟鬼六说，那就买吧，没多少钱。等等吧，孩子们都拉扯着孩子，我也不挣钱了，花钱都朝他们要呢，等他们宽裕些，再说吧。

后来，回娘家来的女儿们要拉上花哥去城区买衣服，女儿们说，爸，我给你买件衣服吧，看你总穿旧衣服，不是打我们的脸吗？花哥不去，说，吃喝上不受委屈就行了，老了，穿那么鲜亮干什么。无奈的大女儿比试了花哥的肩膀后，给买来一身藏青色的中山装。花哥嘴上说，浪费钱干什么？还是兴冲冲地上街显摆。烟鬼六的爹看了摸了，说你穿着显小，我穿应该正合适。花哥说，小了合身暖和。脱下来我试试。烟鬼六的爹穿了，开玩笑地不脱，还说，年轻时你借我的衣服相亲和成亲，现在本利一起还，得借我穿二十天。就穿了。第二天夜里，无任何征兆的老头竟再没醒来。眼睛哭得红红的花哥说，既然他喜欢，就让他穿走吧。

现在是花哥病得不行了。急病，眼看就不行了，事发突然，什么也没安排。儿女们都叫来了，守在弥留之际的花哥身边。花哥老伴叮嘱去买装老衣服的烟鬼六说，别怕花钱，这命苦的人，就这一回了。行！烟鬼六边划火点烟边鸡啄米似的点头，去到最大的寿衣店给买来了上好的寿衣。

烟头一明一暗地在手指间闪烁，烟鬼六一边吞云吐雾，一边得意地展示他买来的衣服，说这是多好的毛料啊，店里最好的了。说得花哥老伴不住点头，行，你会办事，这回他总算穿上新衣服了。老伴喊着昏迷中的花哥，老头子，放心走吧，给你买来了新衣服，体体面面地送你上路！

突然闻到一股头发烧焦的气味，忙四下查看，发现是新买来的毛料衣服冒出烟，忙用手扑打。是烟鬼六手上的烟头落到了上面，前衣襟已烧出蚕豆大的一个洞。

烟鬼六赧红着脸说，我出钱，再去买新的。老伴望着面色渐渐蜡黄的花哥说，不用了，这是命，天生的穷命啊！边说边往回忍泪水，不想竟号啕大哭起来。

觉　悟

老根拍拍脑袋懊悔地说，我说这酒喝着和平时的两味儿呢。爹跟不上社会，反倒幼稚了，原谅爹吧。

儿子当上局长，老根成了干部家属，走路就迈成了方步，尽量斯文。孩提时，他眼红村里薛歪子，薛歪子在街上一边大口抽烟吐雾，一边说，这都是不花钱得来的。他儿子在公社当秘书，就能给薛歪子隔三岔五地捎烟酒回来。当时的小老根就想，咱大了也当官。不想长大后的老根却当了一辈子农民，就把梦想寄托在下一代身上，儿子总算给他争了这口气。

童年记忆的潜移默化，让他总盼着局长儿子回村时能提着大兜小兜，别人隔着兜就能看清里面的好烟好酒。可是没有，儿子局长都当了好几年，每次回来大多空着手，即使偶尔提回东西来，也不过是二斤糕点之类的小东西。儿子也不是不关心他，隔三岔五会掏给他一沓钞票。可老根觉得钱给得再多，也没有儿子提了大兜的东西在村街上一走有面子。

村里好多外出经商或打工的，逢了节日回来，进村都会提着花花绿绿的大兜，拿出好烟散给闲坐街口的人们抽。老根心里急啊，自己儿子是局长，反倒让他们比下去了？即使没人给送礼也该自己买回来给老爹壮面子啊。老根终于忍无可忍了，进城！

儿子见爹从乡下来了，安排了一大桌子菜，还打开橱柜，里面摆满了好烟好酒，儿子让老根自己挑。老根抒出一口长气，打开瓶总在广告上见到的好酒。

住了两天，老根说，我要回去了，不知回去的车票好买不。儿子说，不就是几十公里吗，也不是去天南海北，应该好买，不好买就坐下一班，天黑总能到家，我送您到车站吧。老根空着手到了楼下，终于忍不住说，给我两瓶酒提上吧。儿子犹豫下，转头回去，好一会儿才提了两瓶酒下来。

老根一看，心里凉了半截，是几元钱一瓶的酒。就冷冰冰地说，你不用送了，我自己去车站。儿子也干脆，说，也好，我正有个会议要开。

边走，老根委屈得心里流泪：混账，我说回家怕票难买，你就不说用单位的小轿车送我？我说喝两瓶酒，柜里那么多好酒不拿，偏给几块钱一瓶的，让我咋进村啊？

老根进了村，晃荡着手里瓷亮的酒瓶，在村街上迈着方步，遇到人就打招呼。人们都知道了，老根是从儿子那里回来。人们故意夸张地说，哇，局长给来的好酒！老根就一脸咪咪的笑。

过了几天，儿子回来了，拉长了脸和老根说，爸，我什么时候送你好酒了，还传扬的村里都知道？

老根糊涂了，谁的嘴这么快，传到你耳朵里了？

儿子说，前天二柱子找我办事，当着局里好多人的面夸我孝顺，说我给您两瓶都是一千多元的好酒，这不无中生有吗？

给良心打个补丁

被儿子抢白，老根也生了气，说，人家在外面打工的苦不苦，回村来都知道给爹妈买好吃好喝的，我倒好，培养出个整天坐在空调屋里喝茶的局长，竟然只配喝几元钱一瓶的酒，我一拧盖才知道，你还打开过！你不要脸我要脸，是我路过废品回收站时，买了两个空酒瓶，把你给的"好酒"倒进去，我自己打肿了脸给你充胖子啊。

儿子苦笑笑，说，爹好糊涂啊，什么年代了还要这样的虚荣？你不懂政治，不知形势，我才评上市里的廉政标兵，您这样做是把儿子往火坑里推啊。现在舆论多厉害，我给您钱，吃什么不能买？我知道您爱吹个小牛，所以什么都不敢和您说。其实我给的就是那种一千多元的酒，是我特意倒进普通酒瓶里掩人耳目的，您倒好！

老根拍拍脑袋懊悔地说，我说这酒喝着和平时的两味儿呢。爹跟不上社会，反倒幼稚了，原谅爹吧。

好大一棵梧桐树

日子过好了，什么都有了，家有梧桐树，不愁金凤凰！再等等吧。一等就等到西西三十出头了。

西西从小单薄，一副病歪歪的样子，是小儿麻痹症害了他。幸亏西西妈能干，里外操持。

西西中学毕业了，妈妈拿出所有积蓄，开了小百货店，这样西西不用去田里劳累，也能吃上口饭。西西在妈妈悉心指点下，百货店开得很兴隆，妈妈的形象在西西心目中就很高大。如果你问西西件什么事，他眼睛会眨上半天，然后说，那得问我妈。

农村订婚早，同龄人都有了对象，西西没有。

西西妈很急，嘴上说，不急，过好了日子，还愁找不到媳妇？别人问，那你家想找个什么样的啊？西西妈说，像咱这家庭，不找张曼玉，起码也得章子怡啊！问的人就捂嘴笑。

西西收到封信，是昔日女同学从大学里寄来的。

西西妈上翘着嘴角，追着儿子问这问那。西西红着脸，说她家姐妹三个，她是老大。

妈妈一下皱了眉，说咋生这么多呢。

西西说，不止生得多，还穷呢，她妈总吃药。

妈妈嘬下牙花子，寻这样的媳妇，怕是把大半个家产贴补娘家都不够呢。

西西不吭声。妈妈说，西西呀，你俩是以前要好，现在情况不同了，你是农民，她是大学生，怕她现在是愁学费才想起你呢。

西西说，别把人想那么坏。

我想得坏？她毕业后能舍了城市回农村和你受苦？

西西没了声。

妈妈说，不只她的学费，她妈的药费、妹妹们的学费怕也要你负担呢。不是妈阻拦，怕的是到最后人财两空不说，也耽误下你。

西西望着妈妈。妈妈说，忘了她吧，咱把日子过好过富，家有梧桐树，不愁凤凰来！

第二天早起，西西脸色苍白，一双眼睛大了很多，在妈妈的监督下，划了几根火柴，才点燃那封信。

真的不用愁，没多久狗子哥来给西西提亲，提他小姨子。西西

给良心打个补丁

见过，模样身材都出众。西西心里腾地燃起团火。

狗子走后，妈妈嘬下牙花子：姑娘长得不赖，就是娘家穷。这也不怕。怕的是狗子一家呀！狗子穷得卵砸板凳响，还好吃懒做，以后他抽烟喝酒算是找到免费的地方了。再就是他家孩子，一天到晚还不尽吃在咱店里么？

西西无语。

妈妈说，惹不起躲得起，推了吧，咱有梧桐树，不愁金凤凰！

"哧啦"一下，西西心中的火熄灭了。

西西把小百货店经营得有声有色，家里添置了大彩电、大冰箱、大洗衣机，都是村里最好的。这几年给西西提亲的不少，可就是过不了西西妈的眼，不是丑就是有缺陷，再就是家庭条件和这边太不般配。街上走着那么多明星似的大姑娘，怎么就没人给介绍呢，就因为西西有点小残疾么？西西妈心里很生气。

慢慢地，就没给提亲的了。西西着急，西西妈更着急。西西一个远房叔来闲坐，拉起这个家常，就说，西西呀，你守着百货店，但心思不能只放在生意上，要会走人缘。有婶子、嫂子来买东西，若有个一角、二角的零头儿就抹掉；特别领着孩子来的，你给孩子块水果糖，哄乐母子两个人。这样，谁娘家有合适的好姑娘，就会想到你。

说得西西直点头。

叔走了，西西妈拉长脸说，一派胡言，咱这是小本生意，经得起又给又送地折腾，他是看咱坐地赚钱眼红呢。日子过好了，什么都有了，家有梧桐树，不愁金凤凰！再等等吧。

一等就等到西西三十出头了。

西西家又新买了辆微型汽车，有事没事停在门口。西西学会了

第三辑　带上奶奶去拉萨

吸烟,在烟雾中一顿顿地咳嗽;西西妈头上也多了一把一把的白发,见人就叨叨,有合适的给俺西西介绍介绍。

终于又有人来提亲,女方年龄比西西小好几岁,人也算漂亮,是离了婚的,带一个男孩。

西西的眼睛亮起来。

妈妈望着西西的眼睛,说,咱好不容易积攒的家产,要传到外人手上么?

西西说,她还可以生育。

西西妈嘬下牙花子:可她带来的儿子你总要抚养吧?你要拉扯他成人成家吧,能说咱的孩子吃肉,给人家喝汤?这还不如那年定了狗子的姨妹,顶多狗子喝咱几瓶酒,狗子儿吃咱几把糖。这倒好,家产要平分去一半呢。

狗子姨妹还是经狗子介绍嫁到这村,夫家并没明显让狗子吃穷。狗子姨妹隔三岔五来店里买东西,西西妈就会紧盯她和她身后的孩子,孩子也会打酱油了。

西西好半天才拖着长音说,妈,我不年轻了啊。

西西妈叹口气,说,你愿意就答应吧,我还能活几天啊。我是在给你盘算日子,我带不走什么。

西西眼睛一下空洞成没了水波的井。

日子一天天过去,西西妈嘬着牙花子,一边盘算日子,一边急切期盼来给提亲的人。

如今,西西家已是村里首屈一指的富户,而西西,依然孑然一身。

送不走的客人

自行车孤零零地又在厂门口等了五六天,才等来主人。老吴拍干净车座上的灰尘,并没有直接骑车走人,而是转身上了楼,敲开王总的办公室……

老吴进了新时代保温建材公司的大门,王总刚好看见,热情地说,吴局长,您好!多日不见,欢迎来指导工作!

老吴边放自行车边摆手,现在不是局长了,退下来有三个月了。

王总说,退下来也是局长,您在任时对我们的支持是巨大的,我们永远都不会忘记。

老吴说,很惭愧,我在位上时,也没少找你们麻烦,不过不是我私人卡你,上面有政策,你王总要理解。

王总说,过去的就不说了,先喝茶,中午咱去翡翠冷海鲜城!

老吴说,有你这句话我就很满足,饭就不吃了,我是路过,想你王总了,顺便进来看看。

王总说,您这么大领导心里有我,我很感动,我这还有一瓶陈年的飞天茅台酒,中午咱一起干掉。

老吴说,那就恭敬不如从命吧。

从海鲜城回来,老吴喝多了。王总对司机说,你送吴局回家。

老吴说,我还是骑自行车回去吧。

路上不安全,自行车暂放这里,改天来骑。

说着,把老吴扶进了宽敞的红旗轿车。

第三辑 带上奶奶去拉萨

过了一星期,老吴才来骑自行车,王总说,不着急走,进来坐坐吧。老吴坐进王总办公室,山南一句,海北一句,不知不觉又到了中午。老吴说,我该走了。王总说,不走了吧,咱在门口饭店随意吃点儿。

老吴说,既然王总这么热情,那就不喝酒了,只吃点饭吧。

结果老吴又喝多了,虽然喝的不是茅台,但比上次醉得还厉害。王总只好又安排红旗轿车把老吴送回家。

自行车孤零零地又在厂门口等了五六天,才等来主人。老吴拍干净车座上的灰尘,并没有直接骑车走人,而是转身上了楼,敲开王总的办公室,为上次喝多道歉:你看看,我现在无官一身轻,走到哪里屁股沉,一开口话就长,多耽误事啊。

王总笑笑说,像您这样的领导,不是退下来,我们请都请不到。我正准备开个经理会,您先去公司办公室坐会儿,会开完了咱再聊。

老吴看看手表,就坐到公司办公室,和办公室侯主任有一句没一句地聊,一直聊到墙上石英钟敲了十二下,也没见王总过来。侯主任说,吴局啊,今天我请你在公司吃饭吧,别看我们是内部食堂,厨师可是一级的。老吴说,是吗?你也知道,我当了这么多年局长,外面餐馆都吃腻了,本来我说就走了,听你这么一说,你们食堂肯定别有洞天。好,那就尝尝你们一级厨师的手艺!

侯主任让厨师炒了几个菜,开了一瓶本地小酒厂的特制佳酿酒。不过老吴还是喝多了,走路歪歪斜斜地。侯主任说,自行车你不能骑了,安全第一,路上出了事儿我们担不起,还是送你回去吧。

好吧好吧,那自行车……还是暂时放你们这里吧。

侯主任打个电话,司机又把红旗开了来。侯主任一皱眉,你去换咱的长城吧。

给良心打个补丁

司机换来了长城皮卡，侯主任把老吴扶在副驾座位上，又把老吴的自行车放进后面车厢，然后朝老吴挥挥手：吴局，欢迎您下次再来！

司机一摁喇叭，皮卡拉着老吴和自行车开出了厂。

化 蝶

娘的祭日，建伟来到爹娘坟前，发现有只黑蝴蝶在坟前上下招摇地飞舞，就折了树枝扑打，一直追到不远处的一座孤坟前。

春江伯坟上的土还没干透，娘也一病不起。

娘把建伟叫到床前，说，儿啊，娘有一个秘密和你说。

建伟拉住娘的手，娘，养病要紧，等你病好了再说。

怕是好不了了。娘蜡黄的脸突然红了一下，你也听到过一些流言风语。

是的，建伟从小就听街上的人嚼舌根，说娘和春江伯相好。他不懂什么意思，后来大了些，再听谁说，就跟谁拼了命地打架。被打的小伙伴就说，我说的真话，你凭什么打我？有次见春江伯溜进他家，建伟就悄悄地爬上门前的树，从窗子里看见娘的床上，春江的白屁股一拱一拱地动。脸怪黑，屁股却白。建伟奇怪地想。

你爹是老实人，可他家对不起我。娘接着说。

爹实在老实得窝囊了，老婆跟人相好，会丝毫没察觉？

你爷不是省油的灯。本来娘和你春江伯都快成夫妻了，你爷当时是村主任，我和你春江伯的好姻缘啊，硬是被拆散。你春江伯为

第三辑　带上奶奶去拉萨

了我，一生未娶。我想，我死后，要圆他一个心愿。儿啊，你是孝子，能听娘一句话不？

娘，你说吧，是给他立碑还是修坟，我都舍得花钱，只要你高兴。

娘死后，不要你花钱大操大办，哪怕是用个纸箱子装了娘的骨灰，只要能和春江埋在一起，娘也知足。你春江伯临死时也说，咱活着不能成为一家人，死后也要像梁山伯和祝英台那样，化成蝴蝶再相聚了！

娘啊，那俺爹呢，你和春江伯葬一起，俺爹不孤零零地一个人了？

儿啊，你春江伯对你好呢，你从小穿的戴的，好多都是他买给你的，只是瞒着你不知道。

他再对我好，我也不能做对不起爹的事情，他一辈子老实得连个屁都放不响。

是你爹对不起娘，他耽误了娘一辈子的幸福啊。他活着，娘在吃上穿上没有亏待他，和他做了一世活夫妻，娘死了，你就满足娘的心愿吧。

建伟说，娘啊，我只知道爹要和娘葬在一起的，哪怕春江伯对你再好。

娘叹口气，儿啊，你照照镜子，看哪一点儿像你爹？你真不知道自己是谁的儿？

是的，建伟十四岁时就和爹一样高了，爹矮小。又过了三年，他才勉强追齐了春江伯的个头。建伟赧红着脸对娘说，娘啊，病把你烧糊涂了，什么事等你好了再说吧。其实建伟早就听见这样的传言，不谙世事的他有次还问爹，说，我是你儿子吗？爹一怔，问，怎么？建伟说，有人说我是春江的种。爹哆嗦了，谁说的我去找他，把他家的锅砸烂！建伟从没看见爹生过这么大的气。一会儿，止了哆嗦

给良心打个补丁

的爹又抚着他的头说，不听外人狗嘴胡呲，你就是爹的亲儿子，并且爹只有你这么一个亲儿子。从那儿，建伟再没怀疑过自己的身世，爹对他好，用他特有的朴实疼他爱他。可今天娘却自己说出这样的话来。

娘说，儿啊，一定要记住娘的话。

建伟说，娘啊，你放心，谁是亲爹，俺就把你和谁埋在一起！

娘吁出一口气，放心地说，你就是春江的儿子，你爹他不能生呢。

娘走了，披麻戴孝的建伟在族人的簇拥下，风风光光地把娘发送了。建伟把娘和爹合葬一起，还立了石碑，上面刻了"故显考妣某某，某某"，下面是他的名字。

娘的祭日，建伟来到爹娘坟前，发现有只黑蝴蝶在坟前上下招摇地飞舞，就折了树枝扑打，一直追到不远处的一座孤坟前。那是春江伯的坟。坟前，长着一棵细细高高的蓬蒿，像一个朝远处张望的人。建伟一下把蓬蒿拔起，折成两段扔在地上，愤愤地说，老不正经的，让俺娘牵肠挂肚了一辈子，死了还这么闹腾，俺爹老实，我可不老实，今天就算了，以后你再骚扰我娘，小心我扬了你的骨灰，给俺爹出口恶气！

过些日子，建伟扛了锄从春江伯的坟前过，见坟前朝着他爹娘坟墓的方向，又长出一株蓬蒿，已有膝盖高。建伟火冒三丈，把肩上的锄紧紧握在手上，怒冲冲走到近前，却见这棵蓬蒿不似先前那棵那么蓬勃，那么挺直，而是弯弯曲曲，好像顾虑重重，但还是坚定地向上长高长大。

建伟对蓬蒿愣愣地望了半天，把锄重新荷到肩上，脚步轻轻地绕过去。远远地眺望娘的坟头，叹口气，该去十八里外的栖霞宫问问吴仙姑，看阴间人的灵魂能不能离婚再婚呢？

第三辑　带上奶奶去拉萨

别逼我骗你

　　我笑着骂翔子，翔子说，还不都是你逼的，非让我给找关系。我说，怪你自己，没那本事就别瞎吹。翔子说，你那业务最后还不是做成了？

　　那年，翔子把我骗了。可后来翔子却说，他是被我给逼的。

　　翔子本名李承翔，和我的一位朋友很熟，他们经常在一起吃饭，朋友有时叫上我，我和翔子就认识了。翔子年轻，口才好，是外地一家大企业常驻本市的销售员。有时我朋友工作遇到烦心事发牢骚的时候，翔子就说，看这点小事就把你们折腾的，若是换在我们那儿，哪有咱摆不平的事儿？

　　说的无心，听者有意，我正做化工助剂销售，要是能攀上翔子他们那样一万多人的大厂，就不用特别地奔波劳碌了。我终于忍不住问，你和你们厂里各部门的领导都熟悉吗？

　　你先把"吗"去了。翔子说。

　　我暗喜，又问，供应部长也熟？

　　哎呀，等于我前面说的都是废话。

　　见翔子拉长了脸，我忙说，好好，我说错了话，罚我请客，算给你道个歉。不过，你得帮帮我，把产品卖到你们厂。

　　翔子点点头，说，我先给你联系，问题应该不大。

　　那一晚，我把自己和翔子都喝醉了，但我还是清醒地买完单才

给良心打个补丁

摇晃着回家。

我开始隔三岔五追翔子，翔子先说已经给负责采购的领导打了电话，后来又说电话里讲不清楚，等回去面谈。盼呀盼，我终于听到翔子回去休假的消息。仅隔一天，我就急匆匆找了去。下了汽车，才给翔子打电话，说我已经赶过来了，晚上你把负责采购的领导约出来，联系下感情。翔子沉吟一下，就答应了。我说，你预定一家上档次的饭店包房。翔子说，就去"超豪华"吧，我只约一位实权派，你的情况我早已介绍，大家都心知肚明，酒桌上就不要再谈业务了。

我找到那家饭店，等啊等，翔子和一位五十多岁的人终于在我疲惫的张望中出现。翔子介绍：葛叔叔。跟领导喊叔叔，关系的确是不一般啊。我忙套近乎，也跟着喊叔叔。葛叔叔穿着朴素，不打官腔，没丁点儿架子，酒菜上来，还频频举杯敬我，我真有点受宠若惊。

酒足饭饱，翔子凑在我耳朵上说，老头烟瘾特大。我忙跑到吧台买了一条高档香烟，递到葛叔叔面前。葛叔叔眼睛一下亮了很多，双手接过，说，还买这么好的？太客气了！

葛叔叔走后，翔子说，饭也吃了，礼也收了，很有希望搞成啊。回去听信吧，一有消息我立马通知你。

我紧紧握住他的手，泪在眼眶里一遍遍感激地转。

第二天上午，我没有急着回去，而是在翔子他们厂外转了一圈，工厂太大了，腿都走酸了。我兴奋着，仿佛看见我们的产品正一车车地往里面送。

该去汽车站了，我才觉出口渴，就在厂门一侧的小摊买水，一看摊主竟是昨晚一起吃饭的葛叔叔。我问，葛叔叔，您今天没上班？

替谁照看摊子啊?

葛叔叔也认出了我,呵呵一笑,不上班,病退了。

啊?我张大了嘴巴,那您在供应部说话还能算吗?

我和翔子爸在一个车间,不是供应部。

那翔子昨天怎么说的?

他说有外地客人来,他胃疼,叫我来陪你喝酒。我说不懂现在年轻人的事儿,他说只管吃饭,什么都不用说。我还是不肯,怕耽误这小生意,他就许诺说补偿我一条香烟,这样我才来。你是来找翔子办什么事儿的吧?

我说,我是来找供应部的,翔子说和部长熟。

哼,他认识部长,怕部长不认识他呢。这么大的厂,不是一个部门很难认识。这小子,我和他楼上楼下住了几十年,从小就爱吹个牛。

我的头"嗡"地一响,一片空白。

时间过去很久,我才和翔子又坐到一起。我笑着骂翔子,翔子说,还不都是你逼的,非让我给找关系。我说,怪你自己,没那本事就别瞎吹。翔子说,你那业务最后还不是做成了?

是的,业务真的做成了。那天葛叔叔说完,我半天才缓过神来,想,人来了,钱花了,就甘心白跑一趟么?于是,我在厂门口登个记,鼓足勇气去找供应部。翔子有一点没骗我,部长真的是姓葛,他详细听完我对产品的介绍,认真看了产品资料,还让人化验了我带来的样品,业务就谈成了。真的,连根香烟都没吸我的。

酷似表哥的人

许久，狗不叫，人无声。他悄悄起来看，狗还在，人不见了。福贵低头一看，愣呆了：狗食盆里干干净净，是自打饲养金毛就没有过的事情！

福贵在山沟里的工地上看场，清闲，但很寂寞。福贵弄来一只金毛狗，用钢筋焊个狗笼，放在值班室旁，既能解闷，又能防贼。

每天福贵从食堂里弄来剩饭剩菜，倒在狗食盆里，金毛从钢筋的缝隙里懒洋洋地伸出嘴来，挑肥拣瘦地吃几口。福贵在心里骂，这年头，狗的口味也刁呢。

这天中午，福贵给狗倒上饭菜，躺进值班室，刚要迷糊，金毛叫了起来。福贵没动，除了本公司的人，谁能来这么偏远的地方呢？金毛又接连狂吠，福贵才揉揉眼睛朝外看，有个人正弯腰蹲在狗笼子前。

你想干什么？福贵破门而出。

那人一哆嗦，回转头来，赔着笑：多好的狗，我喜欢狗呢。

离远点儿，别咬着。

这种狗老实着呢，我真喜欢。那人还是蹲在那儿，抚摸狗头狗脖狗爪子。金毛见他示好，也伸出长舌，舔他的手。手在狗身上一遍一遍地摩挲，弄得狗毛空中乱飞。

喜欢就喜欢吧，万一咬着了别赖我。话虽这么说，福贵对这人有了好感，冷眼一看，这人很像他的表哥呢。福贵忙又仔细打量，长相不一样，胖瘦不一样。那怎么会感觉他像表哥呢？举止？神态？

气质？不过这人虽相貌堂堂却好像一张在风中沦落很久的照片，浑身没有一点鲜亮。

福贵立刻亲近地说，进来坐吧，外面有太阳。

那人说，不用不用。

你不是本地人吧？

那人迟疑了半天才说，你看呢？

福贵说，你像个领导。

那人一震，忙笑着小声说，哪里会？领导忙啊，能有时间出来？边说边慢慢梳理狗的毛，眼睛却盯在狗食盆上，说，你们伙食真好啊，还有这么多的肉，打老远能闻见香味儿。

福贵说，这饭能叫好？肉都是五花儿，白菜土豆一锅炖，大米不错，饭却做成夹生的，这样的厨师，只能在工地干。

那人说，不错不错，你们每天有这个吃，够幸福的。

福贵说，什么阶层说什么话吧，跟我表哥比，天壤之别，总说一顿饭一头牛，恐怕他一顿饭两头牛也打不住。

你表哥是……

这个可不能跟你细说，我只跟你说，好多我人生中第一次吃到的东西，比如穿山甲，比如果子狸，都是去看他时吃到的，吃完喝完还有人买单，啧啧，人家那才叫人生，咱这就是生存。

那人说，不必羡慕他，还是你这样心里踏实。

羡慕也没用，人家铁饭碗，是卡脖子单位，想要什么就有什么，我表哥的几套别墅，不是在天涯海角，就是在林海雪原。福贵又打量一遍那人：你绝对也是个干公事的，怎么独自跑到这里来了？

那人眼神躲着福贵说，我想静一静，所以就……

驴友，你是驴友！福贵很得意自己能知道这么时尚的名词，并

给良心打个补丁

且恰当地运用出来。

呵呵，算是吧。那人很勉强地笑着，舔了舔干裂的嘴唇。

福贵说，你知道吗？一照面我还认为你是我表哥呢。可你们长得一点儿都不像，好奇怪。

那人挺了挺佝偻着的腰说，可能的确有相像的地方。

福贵说，我多想表哥也出来当驴友啊，可他太忙了，每天请他吃饭办事的人要排队。

那人说，快给你表哥打电话，劝他赶紧悔悟收敛吧，手莫伸，伸手必被捉啊。

福贵说，别瞎说，素不相识的，干嘛你要诅咒他？

不是诅咒，是苦口良药，法网恢恢疏而不漏，现在他还可以争取宽大的，真的，起码不至于像，像……

不跟你说了，还是像领导的人呢，狗嘴里竟然吐不出象牙！关键时候福贵觉得有必要维护表哥的尊严，闪身进了值班室，把门一关，气哼哼地躺在床上。

许久，狗不叫，人无声。他悄悄起来看，狗还在，人不见了。不会进去偷材料吧？福贵慌忙去工地转了一遭，还好，没任何异常。经过狗笼子时，金毛喉咙里呜咽着，伸出爪子扑打他。福贵低头一看，愣呆了：狗食盆里干干净净，是自打饲养金毛就没有过的事情！

肯定是他，那个酷似表哥的人，那么举止不俗竟会沦落到如此地步！

好半天福贵才缓过神来：不是说法网恢恢疏而不漏嘛，好，那就先报个警，然后再给表哥打电话。

是的，给表哥打个电话，一定好好劝一劝他，但愿一切都还来得及。

大清龙票

翻得眼睛发花了，忽然就翻到一枚大清龙票，壹分银大清龙票！那龙挓挲着胡须，舞动着利爪，和画册上一模一样！

大吴喜欢逛文化街，那里每周有一次的旧物市场。

一家书摊前，大吴看到本《安徒生童话选》，蹲下去拿在手上翻。他的童年也有这样一本，后来丢了。把书放在脚边，又随手从一摞老画报中挑拣出较新的一本翻看。翻着翻着，露出件东西：一整版猴票！

集邮的都知道，第一套单枚猴票已经都是几千元的身价，整版又该是怎样的珍贵？

大吴的心狂跳起来，慌忙把书合上，左右看看，扬起两本书，牙骨抖抖地问价钱。老板瞟眼封面，开了价，大吴理所当然还价，老板又争，大吴再还，成了交。

彻夜难眠啊，大吴一手拿扩大镜，一手使劲拧耳朵，真怕是在做梦。能不兴奋激动吗？这真是天上掉下一箱金元宝来，把人幸福地砸晕。

下一个旧物市场的日子，大吴又鬼使神差地早早来到旧书摊。

老板老远和他打招呼：您上集在我这儿买了书？

大吴迟疑了下，还是点点头。

看见书里的东西吧？旁边一个衣着朴素的女人急切地问。

东西？没有。

给良心打个补丁

您买回去看了吗？

大吴说，买时在老板眼皮子底下就翻个遍，有东西早就都看见了。是夹着存折？

女人垂了泪。她老公出差的时间，她把他学生时代的旧书全论斤卖了，却不知道里面有邮票。

哪有这样放邮票的？都是用塑胶袋密封了锁在保险柜。大吴边说边想，是呢，不是这样放邮票，那么珍贵的东西怎么会到我手上。

我老公都急病了，我好不容易一路打听着追到这儿来，哪知让人买了去。现在我愿出高价把书买回来！

书摊老板也说，有就还给人家，积德行善做好事。

大吴说，书是你第一个经手，你该最清楚。我买的那两本还不一定是他家的。

女人要跟了去他家里看看，大吴马上做出前面带路的姿态，说，没有就是没有，你去了就能出来了？浪费了时间，怕是要错过向真正买去的人讨要呢。

女人收住了脚步，嘤嘤地哭出声来。

大吴心不软，若无其事地蹲在摊子前看起了书。

旧书堆里有宝贝！大吴发现这个秘密后，只要有时间，就去翻旧书摊，越是长了虫眼的，他越是翻的仔细。白天中了魔般去翻书，晚上就看邮票画册上的图片，边看边想：如果能找到张大清龙票，该多好啊。

这天又去旧物市场，又经过那家书摊，这些日子路过这里都是多少有点躲着走的。老板看见他，说，好久没到我这里买书了。

大吴答：是啊，这段时间忙，那邮票找到了吗？

老板说，别说邮票，连人都不见了。她男人后来和她说，那邮票能值两套大房子，女人一下就疯了，一天到晚在我摊子前哭啊骂呀，我的两套大房子啊，是谁昧了良心拿去啦，我们三代人还住两间平房啊，谁昧了良心决不放过他，做鬼也要咬死他。天天在这儿骂，搅得我买卖都做不安宁，这几天人不知又跑哪儿去了。

怪谁，既然珍贵就该放好。大吴冷冷地说。一低头看见摊上摆一套破旧的线装《聊斋志异》，忙蹲下来，一册册地翻看。一边细心地翻，一边还装成是随意翻翻。翻得眼睛发花了，忽然就翻到一枚大清龙票，壹分银大清龙票！那龙挓挲着胡须，舞动着利爪，和画册上一模一样！他激动地叫出声来。

书摊老板闻声看过来，怎么了？

没怎么。大吴急忙把书合在手上。

我看看。老板说。

没有，真的没有。夹在书里的手指正触摸着那张邮票，怎么能递过去呢。

老板坚决地伸过手来。

大吴犹豫着，不知怎样才好。忽然，大吴惨叫，那根手指钻心地疼痛。

伸出来一看，两个渗着血珠的印痕。

被什么咬的，怕是有毒！老板惊慌一喊，大吴更觉疼痛入骨，匆匆往医院跑。

跑出一段，看后面没人，忍住剧痛翻看慌乱间也没有丢下的那册书。却没有找见大清龙票。不会跑丢啊，一直紧握着的。他急忙重新一页页翻看，翻遍了，怕是夹在里面，又抖，还是什么都没有。

眼花了？会是眼花吗？再看手指，却已实实在在地肿得乌青。

何首乌

在这个城市里,提起何首乌粉,都知道是本市的著名品牌;提起何大贵,都会说,那个大慈善家呀!

何首乌是药材,补肝肾,益精血,乌须发,强筋骨,还能延年益寿。

首乌山上都是何首乌,只是山路崎岖,运输极难。山外打工归来的何大贵建起一个小作坊,买了台粉碎机,把何首乌炮制后打成粉,装成几百克的小包装,贴上"百分百纯首乌"的标签,销往城市。牛刀小试,不想销路奇好,订货者纷至沓来。大贵白天接待客户和发货,晚上自己加工首乌粉,忙活得连个囫囵觉都不能睡。

有个来进货的崔保胜看沾着一身首乌粉的大贵,说连个工人都舍不得雇,肯定发大了。大贵说,哪里能发财,只是赚个辛苦钱。保胜看大贵真的是用纯首乌粉直接装袋,连连摇头,难怪你不赚钱。就凑到何大贵耳根前。大贵一愣,说行吗?保胜说,保证你赚得钵满盆满,还保护了这满山的资源。

何大贵整整思考了一天,终于照保胜的主意进行了改革。先是购进了一批食用淀粉,然后把少量淀粉兑进首乌粉内。包装袋也重新印刷了,换成铝塑包装,双重防潮封口,设计考究,色彩艳丽,最引人注目的那句广告语也改成了字号更大的"百分百纯天然"。

做完这些,大贵心里怦怦直跳,像是做了贼似的。是保胜给出的主意,那这第一批货就发给他吧。货发走后,他不安了好长时间。直到保胜第二次催他发货,他提着的一颗心才放下来。新包装开拓了新销路，产品到了供不应求的地步。大贵看到了辛苦钱之外的巨大利润。大贵请来几个乡亲当工人，他只管监督生产工艺，只每天接电话，收发合同传真就行了。

订单雪片般飘来，山民们每天采来的首乌就那么多，这中间还要晾晒、炮制，都是需要时间的。在催促货物的电话声中，大贵又开始了新举措，还是那个包装，还是那句广告语，只是配方发生了变化，已不是往首乌粉里兑淀粉，而是改成往淀粉里掺首乌粉。并且兑的比例也一再调整，从2:1调成3:1，慢慢地，不知不觉地，最后成了10:1。这个比例固定下来，竟成了严格的产品标准，大贵对厂里几个工人说，一定要保证这个比例，人家花了钱，要让产品物有所值，咱不能亏良心。

保胜再进山来，何大贵已经注册了公司，产品也注册了商标。西服领带的大贵开着乌亮的小轿车请保胜去饭店吃饭。三杯酒下肚，大贵说，感谢你给出的点子，我才发了财。钱虽赚了，不过，心里总觉得这钱不踏实呢。

怎么不踏实？

自从兑了淀粉，村里人都说我是作假才发财的，心虚呢。

保胜笑了，心虚就花出去呀。大贵说，好不容易赚来的，再花出去？保胜说，花出去，大把地花出去，你会收到意想不到的效果，得到你意想不到的东西。

大贵咬咬牙，先是给敬老院送钱，再是给村里修路。保胜听说后，忙着急地给他打了电话。

市里举办退休老干部书画展，大贵去给赞助了10万元，组委会欣喜地说，以你的产品命名吧。于是，何首乌杯书画展办得如火如荼，结束时，每位获奖者还获赠一提精美何首乌粉礼盒。本地电视台、

给良心打个补丁

报纸都连续报道了这次书法展，大贵算了算，花这些钱，比黄金时间做广告，便宜太多。

电视台举办青年歌手大奖赛，大贵取得了独家冠名权，每天晚上，人们在听歌手甜美歌声的同时，会听见几段插播的何首乌粉"百分百纯天然"的广告，特别是在等比赛结果前激动人心的时刻，更是插上了几分钟对何大贵和何首乌粉的专访。一晚下来，人们没记住几个歌手的名字，却都记住了何首乌粉。

这么一来，大贵和他产品的知名度越来越大，他成了尽人皆知的著名企业家和慈善活动家，还光荣地戴上了政协委员的光环。何大贵简直不相信这是真的，不过自打成了政协委员，心里真的踏实了。

经过几年的采挖，首乌山上的首乌绝迹了。保胜对大贵说，这下你完了。大贵笑笑说，我已经不是以前的大贵了。

大贵在市里的工业园建了新厂，企业通过了几个重要的体系认证，搬迁后重新启用的包装更加华丽和漂亮，上面印着何首乌牌营养粉，另加一条广告语：百分百何首乌口味。前几个字体粗大豪放，后面的"口味"两个字却小得可以忽略不计。后面的配料表上写着：何首乌香精，奶粉，淀粉……

在这个城市里，提起何首乌粉，都知道是本市的著名品牌；提起何大贵，都会说，那个大慈善家呀！

早　冬

福安伯怎么也没想到，儿子会从领导身后冒出来。他瞥了一眼旁边的大崔，忙低下头嗫嚅地说，你、你认错人了。

第三辑　带上奶奶去拉萨

那年，离三九天还差好大一截子，天却冷成滴水凝冰。

福安伯在家里边拨弄暖气炉子，边张望旁边的福利院。福利院采暖锅炉的铁烟囱没有丝毫动静。

吃过中饭，福安伯到街上走走，刚好看到福利院的副院长大崔。就问，都结冰了，还不点暖气？

大崔叹口气说，都怪今年天冷得早，采暖的资金还没到位呢，不然怎么也不能让老人们冻着。院长也着急了，去上面要资金了。不过，你也知道，镇福利院是姥姥不疼舅舅不爱的地方，既没市福利院条件好，也没人家那里学雷锋和捐善款的多，咱这里，除了镇小学的学生们一年来扫一回地，平日连只羽毛鲜艳些的鸟儿都不落下。

福安伯听了，也只有跟着摇摇头叹口气，都怪今年冬天来得早吧。

大崔说，伯啊，城里楼房多暖和，不让儿子接您去省城，却偏要在乡村受苦。

福安伯说，我这是享福哩，到了城里，谁也不认识，行动不自由，那才叫受苦。再说，我还不算老，等真要老了，也不去城里，就去你们那里住。

天没有回暖，却一天冷似一天。福安伯见门前走过风风火火的大崔，问你去干什么？大崔说，上面来了资金，我去找师傅来维修维修。福安朝大崔满意地点点头，老人们终于要用上暖气了。

福利院的锅炉没冒烟，却密密麻麻地围着楼扎起脚手架，十几个师傅提了涂料桶上去，灰蒙蒙的旧楼一下子不见了，一所漂亮的米黄色小楼矗立眼前，就像仙女一口仙气变出来的新鲜。福安伯不由叹服几桶涂料的神奇功能。

外面刷完了，每间屋子里面也要刷白。第二天一清早，福利院

给良心打个补丁

的老人悉数站到了院子里，服务员引领他们做保健操。福安伯听到阵阵连声的咳嗽，忙过来看，快中午了，老人们呼出的气体还是白腾腾的，几位美髯公的下巴凝上露滴。福安伯问大崔，不年不节折腾啥？大崔说，改善老人们的生活环境嘛！福安伯说，是不是要有领导来视察啊？大崔听了，朝福安伯伸出大拇指，还是您经多见广。福安伯说，要不让他们来我这屋先暖和暖和。大崔说，五六十号人，哪里装得下。

房间没粉刷完，好几个老人被送进了医院，都是哮喘加气管炎，让冷风和涂料一刺激，喉咙里像在跑鸣着笛的老蒸汽火车，脸都憋成了紫茄子。

终于，福利院里外都粉刷完了，又重新铺了地面砖，锅炉也烧起来了，院里摆满了一盆盆的鲜花，增添了不少春色和暖意。

大崔来找福安伯，说，伯啊，请您帮个忙。

福安伯说，我老成了废物，肩不能担担，手不能提篮，能帮什么忙？

大崔说，就是您这个老，才能帮这个忙。明天省里要来人了，可咱院里的老人除去气管炎哮喘的，还有一半人感冒发烧，也住进了医院打点滴，现在福利院里空荡荡的。伯啊，明天您一定来，给捧个人场，院长说了，给您开工资。

让我弄虚作假啊，不干，谁让你们瞎折腾了。

您不希望咱福利院能多得到上面照顾，多给咱拨些钱来，让这些孤寡老人多些福利？

福安伯立刻哑了口。

福安伯穿了自己最好的衣服，和另外一些镇上的老人被安排进福利院。

第三辑　带上奶奶去拉萨

　　福安伯坐在温暖如春的房间内，心里很紧张，重复着大崔教的几句词儿，手心里热出了汗。

　　一行人终于来了，领导推门进来，握住福安伯的手问冬天冷吗？福安伯紧张而生硬地说，谢谢领导对、对我们孤寡老人的照顾，冬天虽冷，但这里很温暖，你们来了，更像春天。随后闪光灯咔咔地眨了几下。那个戴眼镜的记者却从后面挤到前面来，对福安伯说，爸，您怎么在这儿？

　　福安伯怎么也没想到，儿子会从领导身后冒出来。他瞥了一眼旁边的大崔，忙低下头嗫嚅地说，你、你认错人了。

　　爸，您是嫌我回来的少了，跟我怄气吧？

　　求你了，我真不认识你，我真的没有儿子。福安伯额头淌着汗，他想跑出去，却怎么也抬不起腿，他绝望地从门口望出去，看见锅炉的烟囱正欢快地冒着白烟。

第四辑　长生不老丹

"皇上驾到"不是传说,"长生不老丹"就在身边,"关二爷"是俏女子的雅号……灯光下,品一盏香茗,捧一卷往事,在尘封的时光里慢慢打捞,与古人对话,看古人长袖曼舞,另有一番乐趣。

皇上驾到

想当年乾隆下江南,那可是旌旗招展锣鼓喧天,提前多少天就通知沿途官府净水洒街黄土铺路地恭迎圣驾,这到了光绪帝下江南,怎么悄无声息?

周小贵万万没有想到,在他当伙计的刘公馆里,能遇到皇上。

公馆有几间房子挂牌招租,不久,两个说官话的男子就住了进来。小贵看得出来,他们是一主一仆,主子年方三十,儒雅俊逸举止高贵;仆人已过中年,举手投足毕恭毕敬。二人来了几日,并不出门,周小贵从他们房前经过时,能听到青年京腔京韵的读书声。

这天早上,小贵再次从他们房前经过,门半掩,看见仆人正跪

第四辑 长生不老丹

在地上三拜九叩地请安。周小贵忙止住了脚步。仆人叩完头，提着尖细的嗓子说，主子，您该读诗了。周小贵见床上铺着他们自己带来的被子，金黄黄的，上面绣着团龙。桌上摆放着他们自己带来的金黄茶碗，上面张牙舞爪着飞龙。

周小贵跑回去，跟老朱说了。老朱也是伙计，跟小贵吃睡在一起。老朱眼睛瞪圆了问，你看清楚了？

这时刚好刘员外踱步出来：你们两个，嘀咕什么？

两个人一五一十地讲了起来，说他们所有用具上都有龙。刘员外说，你马上给他们送去开水，顺便细数一下龙是几个爪的？

老朱说，还是我去吧。就噔噔地走了。

老朱回来说，我数了，所有的龙都是五爪的。

皇上？皇上！只有皇上才能用五爪龙的器物！刘员外说。

别人没有用的？小贵问。

别人？刘员外鼻子很响了一下，僭用圣物，谋篡论处，那可是掉脑袋灭九族的！你们小心伺候着，我去报告知县大人！

陈知县听了刘员外的讲述，很兴奋也很诧异。江夏县离京城太远了，两千多里路，怎能说来就来了？想当年乾隆下江南，那可是旌旗招展锣鼓喧天，提前多少天就通知沿途官府净水洒街黄土铺路地恭迎圣驾，这到了光绪帝下江南，怎么悄无声息？转念一想，也可能是慈禧太后管得紧，光绪帝从瀛台溜出来不敢声张。不过，如果真是皇上，应该是太监陪同。知县跟刘员外说，你马上回去探明仆人的身份。

刘员外让老朱邀那个仆人去澡堂子泡澡，不想仆人竟满口应允，一起去池子里泡到天黑。回来后，平时伶牙俐齿的老朱都结巴了：看、看清、清楚了，他、下边儿……

晚上，老朱吹熄油灯后说，小贵呀，咱们命中注定要大富大贵。

小贵说，怎么呢？

老朱说，这皇上驾到，咱们把他伺候好了，就会有享不尽的荣华富贵。

小贵说，人家不是有太监伺候吗？哪用咱们啊？

老朱说，你真是个孩子呢，咱把他哄高兴了，他会给咱封官晋爵，皇帝开金口，起码是七品，你不想当官？

小贵说，我不想，我都20了，只想着再挣几年钱，先成了家。

目光何其短浅！老朱文绉绉地说，仿佛已经官服加身。

老朱翻个身接着说，我那闺女，到年也18了。小贵脸一红，以为老朱又要说将女儿许配给他。之前老朱喝醉时说过几次，只要小贵多给彩礼，就把女儿许配他，不过酒劲儿过了，就不再提。

老朱说，我女儿可不是一般的漂亮，多少人家要下聘礼，我就是不应。女儿小时候算过卦，说是娘娘命，没想到，真的应了。

第二天一早，刘员外坐上轿子去向陈知县禀告此事，心急火燎的老朱把自己的全部积攒拿出来，又借了小贵一些，兑成十两一锭的纹银，悄悄地塞给那仆人，然后由仆人领着，去给青年三拜九叩。青年倒也和颜，跟老朱聊了几句，老朱说，家中一女貌美如仙，尚待字闺中，愿意来此伺候圣上。青年一笑：弄来瞧瞧，朕再定夺。

老朱又找小贵：把钱再借我点儿。

小贵说，还要钱干什么啊？

我回临湘老家，把闺女接来，献给皇上。

小贵说，那你和皇上要路费不就行了？

老朱说，可眼下不好跟皇上开口啊。我当上国丈，自然金银遍地，还让你吃亏？

第四辑　长生不老丹

小贵心里不高兴老朱把许给他的女儿又献给皇上，就说，没钱。

老朱"切"的一声：没有拉倒，有你小子后悔的时候，我去外面借，借完钱我马上回家。

小贵说，你不等东家回来告个假？

告个屁，以后还不知道是谁伺候谁呢！

老朱走后，院子里一下热闹起来，一拨一拨的人来叩见，一拨一拨的人送来古玩玉器金银财宝，仆人都一一收纳。小贵想，肯定是老朱出去借钱时传扬出去的消息。

午后，小贵见刘员外领了几个穿官服的人来，其中有陈知县。陈知县叫来几位在京见过光绪的官员，众人从窗外偷看了，都说跟皇上极为相似。陈知县忙去问安。陈知县说，想知道圣驾临幸何为。青年的手有意无意地搭在一方玉玺上，眼皮都没抬地说：见张之洞，方可透露。张之洞是湖广总督啊，这口气之大，可见真是皇上。

接下来，来公馆送礼的人更多了，其中以候补的官员居多。礼品堆满了他们租住的房间后，他们又租下了相邻的两间房子，不过，这次刘员外没有收他们的租金。

几天后，老朱用一顶花轿接来了花枝招展的女儿，却没有见到青年和仆人，他们真的被总督府的兵丁请去了。老朱擅自把女儿安顿在青年的房子里，就迫不及待地去了总督府。

总督府外的旗杆上，两颗人头高悬。

二人真从皇宫里来，中年是守库的太监，偷了宫里的物品；青年叫崇福，是宫里唱戏的伶人。二人一起跑出来，打算捞几笔外快。他们第一站来到江夏，不想就被总督识破，丢了性命。

讨债的人把老朱逼得跳了江。为给女儿做行头，他借了很多债。

小贵拦下要卖人抵债的债主，变卖了老家沙嘴的十几亩水田，

给良心打个补丁

替老朱偿完债务，领着老朱的女儿，回到了汉江边，从此漂泊江上，打鱼为生。

这年，是光绪二十五年。

长生不老丹

伙计说，您是吃了长生不老丹的人，能活一千年一万年啊！没意思了，不如一死痛快。金山握着折扇的手把飘到眼前的一绺黑亮的头发理到耳后，一头扎了下去。

柳记绸缎庄是新沟镇最大的布匹店，绸缎庄的老板外号叫"老九"，这老九不是按兄弟排行来的，而是他一件衣服至少要穿九年：新三年，旧三年，缝缝补补又三年。

老九对自己悭吝，却对儿子慷慨，把金山从小送去汉口读书。金山到了二十七八，也没考取功名，回到绸缎庄，举手投足却成了绅士，如戏里的优伶，无论冬夏，手上总拿一把折扇，扇面画着一簇幽兰和两只蛐蛐儿。

老九让金山去柜上学生意，金山鼻子一哼，生意还用学？不就是低买高卖吗？只要花色好，还愁没主顾？咱不能总从接驾嘴那里进货，咱要直接从苏杭进货。

老九听宝贝儿子如此说，就点了头。于是，金山摇着折扇去了苏州。

从苏州采购的首批绸缎一上柜，就被抢购一空。金山又接连发回几批货物，都获利颇丰。老九心中暗喜，儿子要胜过他了！

第四辑 长生不老丹

久居客店，金山认识了老吴。老吴性雅，爱去茶楼。金山跟去一次也上了瘾。不是他爱茶，而是爱听评弹；不是他能听懂，而是爱看妩媚娇羞的唱曲人。由老吴牵线，金山结识了一女子。金山租了一处宅院，那女子就来同住。和娇小的佳人在一起，金山恨天长怨夜短。一日，二人卿我一番，女子从金山头上梳下一根白发后潸然泪下。金山忙问何故。

女子说，君生我未生，我生君已老，红了樱桃，绿了芭蕉，这无情的时光啊，容易把人抛。

金山把折扇缓缓展开做思忖状：古今如此，谁能奈何？

女子说，若能像月中嫦娥，能服不老药，你我岂不与日月共寿？

金山把折扇猛然合起说，若有，不吝多少金银，都买了来。

数日后，金山同老吴一起太湖边游荡，偶遇卖长生不老丹的奇人。

老吴猴急地掏出银票说，卖给我。

奇人说，长生不老丹要卖与有缘人，若与天地无缘，长寿又有何用？丹药本是天师所赐，我也只有两粒，自留一粒，卖一粒，一是与有缘人共享，二是我服药后要去修炼，卖些钱好贴补家用。我阅过你的相貌，你没福缘。

金山忙问，那我呢？

奇人仔细打量金山，惊叹道，你天庭饱满，道骨仙风，又满腹诗书，只是…怕你买不起。

纹银多少？

别人买收一万两纹银；你买，八千。

老吴摇摇头，太贵太贵。

奇人说，无缘少言，你就是出十万也不卖。

金山说，有两粒最好，我还有一红颜知己。

给良心打个补丁

奇人说，只有一粒。

金山说，都给了我吧，你遇到天师再找他要。

奇人叹口气，无奈地说，很为你的真情感动，罢罢，成人之美，我的一粒也转给你吧，只是最少要一万五千两银子。

金山忙掏出银票。

金山一溜小跑，回到了住处，将长生不老丹与女子双双服下。

次日晚上金山回来，红颜和屋内细软全都化仙而去。

金山只拿了那把折扇回家。老九气抽了，夺了金山的折扇摔在地上，你呀，秦始皇都没实现的事儿，能便宜到你？

时光荏苒，老九驼弯了腰，而优哉优哉的金山，容颜不改，青春永驻，脑后的大辫子越发乌黑油亮。人们背后嘀咕，金山不老，怕要活到海枯石烂了。

老了的老九还是要培养儿子，又让金山去进货，老九的手指着他脑门再三叮嘱，毒、嫖、赌，千万不能碰，也不要交什么朋友！金山说，放心啦放心啦，耳朵都长茧了，吃过的亏不能白吃，会长一智，赌更不会，您什么时候看我打过牌？

宣统二年春天，金山带着老九指派的伙计，去上海滩进洋布。

在上海滩一转，处处新奇，尤其是看到人们拥挤在一所楼房前排出长长的队。金山稀奇，也站到队伍后面打听，原来是抢购洋人的什么橡胶股票。洋人股票是啥玩意？排着队的人就说，买了股票，咱就成了洋人的股东，他辛辛苦苦种橡胶赚的钱，要分给咱呢。金山一下来了精神，好，咱也当一回洋人的股东！于是，也凑热闹买了一点。半月过去，按洋房前挂出的牌子计算，他的股息竟然翻了三成！金山按捺不住兴奋，想再多买些，伙计百般阻拦，金山只好作罢。不想一月过去，股票翻了倍，金山懊悔不已，把伙计臭骂一顿，一股脑把进货的钱都砸进去。

接下来的两个月，布没发回一匹。家里一再来信催促，金山想，催什么催，好容易在上海滩找到新的赚钱门路，既轻松又省心，这些钱该要趸多少布匹才能赚到啊！家里的信还是三天两头地来，十万火急地让他卖掉股票发回布匹。可股票已经涨了好几倍，并且每天都在涨。金山被催得心烦，既怪伙计告密，又觉得和满脑袋稻谷壳的父亲无法沟通，索性就去苏州故地重游。上有天堂下有苏杭，等金山尽情饱览了旖旎风光摇着折扇归来，洋人跑了，股票已成废纸。

金山站到了股票发售者上海众业公所的楼顶，临街而立。伙计追上来，说，少东家，您要想开啊！

金山摇摇头，苦苦一笑。

伙计说，您是吃了长生不老丹的人，能活一千年一万年啊！

没意思了，不如一死痛快。金山握着折扇的手把飘到眼前的一绺黑亮的头发理到耳后，一头扎了下去。

窦二东

窦二东，明末清初河间府人，原名窦开山，官府蔑称为"窦尔墩"。

五天激战，雅克萨城久攻不下。情急之下，萨布素速召窦二东，日落之前，必须拿下！二东看看萨将军眼里的血丝，回头望望日光下纷乱的盔甲刀枪，如黑龙江耀眼的金波涌动。二东点点头，手里晃着一对虎头钩，领命而去。萨将军望着他远去的健壮身影，满眼

给良心打个补丁

的爱惜。

萨布素爱才，是他救了二东。在官府眼里，二东是十恶不赦的江洋大盗，而官府又奈何不了二东。

二东围着雅克萨城转了几圈，找出了久攻不下的玄机。狡奸巨猾的洋毛子重新侵占雅克萨后，在城中建起一座塔楼，楼上竖起一根一丈多高的旗杆，上有楼橹，敌将在上面用旗指挥，根据城外攻击动向，随时调整兵力部署。

二东骂声他娘的，一把甩掉上衣，露出黑褐的胸膛，给俺找把板斧来！

板斧别在腰间，又让兵勇们朝城上集中开火。一阵火枪响过，二东气提丹田，大吼一声，势如出山猛虎，健步如飞，又如狸猫般轻盈地纵身跃上城头，左右挥动双钩，血光飞溅，直奔旗杆。二东砍掉旗杆下几个守护的洋毛子兵，从腰间拔出板斧……瞬间，粗大的旗杆轰然倒下。

雅克萨城夺回来了，二东倒在血泊中。

浑身是血的二东昏睡着，他梦见了娘。是他害了娘。二东占据山林，和官府对抗了几十年，官府如果是一个人的话，早把他恨得牙齿咯吱咯吱响了。早年间，二东杀死过作恶多端的知县父子；他劫过大名府运往京城的十万两官银；他打下河间府夺了印信，逃往燕山深处的连环套安营扎寨，大旗一举，旗下聚集了一万多兄弟。官府几次围剿，不但没有攻破，反被二东盗去皇家围场内的御马。朝廷恼羞成怒，限期缉拿，官府无奈之下，祭出最卑鄙的手段，抓去他的娘亲。二东闻讯，大哭一场，不顾弟兄们劝阻，毅然去自投罗网，想换回无辜老娘。当他跪倒在娘的面前时，遍体鳞伤的娘摇摇头，儿啊，你好糊涂，娘是行将入土的人，你竟然为了娘，白白

第四辑 长生不老丹

地来送性命！二东说，娘啊，儿不能舍弃娘！娘说，男子汉大丈夫，总牵肠家事怎成一番事业？你爹是反清复明的志士，咱娘俩绝不能给他丢脸。儿啊，官府知道你是孝子，他们才拿娘来逼迫你，是娘连累了你。你有一身好武艺，今后自己要多保重了！娘深情地望了二东一眼，猛地一头撞在廊柱上。

萨布素来到二东的床前，呼喊着他的名字。二东睁开眼，失了血色的嘴巴动了动。萨将军俯下身来。二东说，将军，俺报答了你的……不死之恩。

刑部判了二东的死刑，萨布素在刀下救了二东。边关告急，萨将军奏请朝廷流放二东，戴罪立功。活了命的二东却不领情，我是反清复明的后人，岂能为你们鞑虏卖命？还是让我一死吧。萨将军说，如今天下初定，满汉一家，多年战乱，百姓都盼着安居乐业，不要总纠结过去的朱明朝廷了吧。眼下罗刹国洋毛子犯我边境，烧杀掠夺，你既是慷慨志士，怎能不戍边卫国？二东听他这样一讲，马上豪爽地说，好，俺跟你走！

萨布素握住二东沾满血污的手，轻声地说，城池收复，你安生养伤吧。

二东说，将军，俺不行了，不能再和您戍边保国了，俺去找俺娘了，俺要……永、永远去伺候娘了……

天空雷电交加，雨下倾盆。萨将军望着这个侠骨柔肠的汉子，大颗大颗的眼泪滴下。

萨将军在火石山厚葬了二东，并给二东，一个流放的犯人，建了祠堂，后人称作"窦尔墩庙"，火石山也更名为窦集屯。

窦二东，明末清初河间府人，原名窦开山，官府蔑称为"窦尔墩"。

今早，我无意中又听到流行歌曲里"蓝脸的窦尔墩盗御马"一

185

句，不禁想到，窦尔墩占山却不为王，落草却不劫舍，他心中纠结的只是明末汉人的一种情结和梦想。而当洋鬼子侵境时，他毅然舍小顾大，投入到戍边卫疆中去。今天，如果有剧作家把他抗击沙俄的英勇搬上舞台，窦二东，一个血性男儿，应该是一张"中国红"颜色的脸谱吧？

画　痴

宋家大门洞开，正屋中央摆放着半担金银，却无一人。钱先生一直等到月亮升起，也不见宋家人回来。钱先生长叹一声，这个画痴呀，把什么都舍弃了。

钱先生贫困，宋乡绅富奢，二人家境差距极大，却是画友。

宋乡绅隔三岔五请钱先生来家小酌；钱先生呢，叫吃就吃，叫喝就喝，抡起筷子冷着脸，绝不寒暄，吃罢饭抹嘴便走，也绝无回请。每次饭前，二人都会站到画案前，钱先生抱着双臂看宋乡绅写字作画，嘴却不闲，批评挖苦不绝于耳，直到上桌的酒菜把嘴占住。被刻薄奚落了一顿的宋乡绅却如沐春风，笑吟吟地连连点头。过不了几天，又会请来钱先生，依然好酒好菜伺候着，只为两耳灌满批评和奚落。为何宋乡绅乐此不疲？在宋乡绅眼中，不止在苗湖，就是方圆几十里，除了钱先生，再找不到能在书画上这么谈得来的人，特别是能一下点中宋乡绅运笔痛处的人。

一次，二人月下对饮，酒到酣处，宋乡绅说，我的字、画总不长进，皆是因为无古人真迹可摹。钱先生点点头，众目所及都是有

第四辑 长生不老丹

形无神的假画赝品，临摹多了，反而害处不浅。宋乡绅说，我独爱董其昌字画，天下都知董其昌的字画被康熙乾隆二帝尽数搜罗入宫，民间哪还得见真品？

钱先生端起一杯老酒，慢悠悠地一笑说，千层网过，也有漏网之鱼。宋乡绅酝出了其中意味，忙施礼道，难怪兄台画风古朴飘逸传神，似得董氏技法，恳请兄台家藏真迹让我一饱眼福！钱先生说，我家徒四壁，隔夜米粮都没有，哪里还有古人字画，我只是这样说说。

自此，夜黑风高时分，宋乡绅灯笼都不提，就去钱先生家转上一圈。到了门前，并不进去，只是悄无声息地朝里偷窥。功夫不负有心人，一天晚上，宋乡绅黑夜中的眼睛瞪圆了：油灯摇曳出的昏黄中，墙上挂着一幅山水画卷，钱先生正站在画前，细细品味揣摩。宋乡绅窥了半天，终于忍不住去叩门，里面惊慌地问，谁呀？宋乡绅忙说，年兄，是我。

好一会儿，门才开了，钱先生拦在门口：深夜何事？

宋乡绅说，从此路过，见你没睡，就叩门叨扰，不请我进去喝杯茶？

钱先生才极不情愿地让他进去。

墙上，已没有了字画。案上，却有墨迹未干的画卷。宋乡绅细细看了，那山，那水，那一叶小舟，那几株松柏，皆丰神独绝，如清风吹拂，微云卷舒，无不如出自董其昌之手。宋乡绅说，年兄，你这是才摹的，快拿出真迹让在下过眼。

钱先生说，拿什么，我不过随手涂鸦而已。

宋乡绅说，我刚在外面都看见了，别再瞒我了。

钱先生顿时口吃起来，祖上有训，绝……不让外人观看。

就让我看上一眼吧。宋乡绅紧紧拉住钱先生的手央求道。

给良心打个补丁

钱先生望望一把胡须的宋乡绅，叹口气说，也罢，你我交好多年，今天就是落个不孝之名，也让您看一眼。

钱先生去净了手，才从柜子里拿出一轴画，慢慢展开。宋乡绅眼前一亮，顿觉神清气爽，待要细细品味时，画卷已收起。宋乡绅说，我再好好细品。钱先生说，祖训当头，请兄莫再逼我。

宋乡绅说，年兄守着宝贝饿肚子，不如把画转给我，尽享后半世富贵。钱先生说，即使腹中无过夜米，看上几眼画卷，也如饮甘饴。

第二天一早，宋乡绅又来了，让仆人担着一担金银，和钱先生说，除却田地房屋，这是我全部所有，只求兄台转让画卷。钱先生说，谢谢抬举，恕难从命。

兄台不想过富庶日子？钱先生微微一笑：画轴在手，朝看彩云，暮伴明月，别无他求。

宋乡绅说，我若强求呢？

钱先生拉长了脸：在下会与画卷同做灰烬。

隔一日，宋乡绅又请钱先生去饮酒，钱先生一口拒绝。

过几日，钱先生出去访友，回来后家中凌乱，每个角落都被翻动，而家里却没有少什么。钱先生偷偷查看后，心方落地。

又过几日，天上掉下大喜事，媒婆来提亲，要把宋乡绅的姑娘说给钱先生的儿子。钱先生的儿子20多岁了，因为家贫从没有媒人登过门。不想，钱先生一口回绝，竟说儿子还小。

半年后，宋家送了信来，说宋乡绅生命垂危，要见钱先生一面。钱先生无奈地一笑，沉思片刻，从带虫的米缸里扒出一轴画笼进袖筒，跟上来人去了宋家。

宋乡绅面色灰槁，说话有气无力，拉住钱先生掉下眼泪：兄台，我命休矣。临终前，我只想细细品读董其昌真迹一晚，望兄台体恤将死之人。

临来时,我已想到你病症的根源在此。钱先生掏出画轴,递给宋乡绅说,但请兄台爱惜,并望兄台早日康复。不过,明早日出之时,我来取画。

第二天天刚放亮,钱先生来到宋家。宋家大门洞开,正屋中央摆放着半担金银,却无一人。钱先生一直等到月亮升起,也不见宋家人回来。

钱先生长叹一声,这个画痴呀,把什么都舍弃了。

他把宋乡绅的门锁好,依然回到自己的茅屋。

宋乡绅从此杳无音讯。而钱先生依然会在夜深人静时发呆,品画。只不过每次他都像做贼一样,仔细观察四周后,才净手焚香,从隐秘处拿出一轴古画,静心研习。寂寞中的他有时也想,宋乡绅会携了画带着一家老小去哪里呢?这个宋乡绅啊,只知我是丹青高手,却不知我也是临摹做旧的行家呐!

小　薇

小薇,如果有来生,我还做你的老师,如果有来世,更做你的爱人,我要等你一起出生,一起长大,手牵着手,我还叫温庭筠,你还叫鱼幼薇……

请相信我,我真的是从一千年前而来,不是穿越,而是我不安的灵魂一直飘荡,历经宋元,历经明清。我本不想和谁诉说,直至那天我在街上听到了一首歌:"有一个美丽的小女孩,她的

给良心打个补丁

名字叫作小薇。她有双温柔的眼睛，她悄悄偷走我的心……"听着听着，我泪湿衣襟。是的，我的心底也埋藏着一个小薇，一个千年的小薇。

小薇，那年你还不满十三岁，但你已是名满京城的神童。长安城的街巷里到处流传你的诗作，我偶然读到，顿觉清新纯净，别有洞天。我真的不敢相信它们会是出自一个小女孩之手。于是，好奇的我慕名前往。

花街柳巷旁，推开一扇破旧的门，碧水似的眼眸，让我眼前一亮。那份睿智应该不属于这个年龄孩童的眼神。我翻看案上的诗稿，问，都是你写的？你顽皮地笑笑："不信就请考一题"。好吧，一路走来时江边柳絮拂面，就写一篇《江边柳》吧！你以手托腮，略作沉思，一会儿，便在一张花笺上飞快地写下：翠色连荒岸，烟姿入远楼。影铺春水面，花落钓人头……我反复吟诵，心里不由暗自惊叹！红日在谈话中西斜，我只好作别，看看简陋的屋舍，我轻抚了下你的头，你恭敬地喊我：老师！

我们熟络起来，每有闲暇，我会来给你讲评诗稿，你就依偎在我身边，像只乖乖猫。小薇，遇到你这样的才女，是我心灵的幸福；诗歌遇到你，是诗歌的幸运。

浪子天涯归棹远。春已晚。莺语空肠断。

小薇，你个不懂事的孩子，在我离开京城的日子，你竟写了封这样的信给我，还没大没小地直呼我的名字：《遥寄飞卿》——"……珍簟凉风著，瑶琴寄恨生。嵇君懒书札，底物慰秋情。"黑夜，我失眠了。小薇，我的心里何曾不牵挂着你，你还好吗？你的音容笑貌总是浮现在我的梦里，只是，我更愿意无声地用父爱的眼神呵护你，我愿意永远做你的老师，更愿永远做你的诗友。

第四辑　长生不老丹

没有收到我的回信，你等过夏，等过秋，在凄苦的寒夜，又写来了《冬夜寄温飞卿》："苦思搜诗灯下吟，不眠长夜怕寒衾。满庭木叶愁风起，透幌纱窗惜月沈……"

我依旧没有回复作答。我是铁石心肠吗？我不懂儿女情长吗？夜深人静时，我问自己。如果是，我诗词里的婉约又从何谈起？身在异乡，人影形孤，我又何尝不常想起你呢？一晃两年多的时间，你一定是大姑娘了，一定婀娜了，更美丽了。"藕丝秋色浅，人胜参差剪。云鬓隔香红，玉钗头上风。"小薇，我真的想立刻见到你，我心中圣洁的小薇！

终于回到了京城，我迫不及待地站到你面前。你上前来紧紧拉住我，仿佛怕我再次离开。我没有鲜花奉上，只是给你带来两册诗稿。趁你低头翻看之际，我偷偷地打量你垂鬓下的面容，时光把你滋养成大姑娘，一见倾城的大姑娘了，此刻，我的心为你澎湃，沸腾的血为你快速燃烧。然而，我却鬼使神差地把与你年龄相当羡你久矣的名宦子弟李公子介绍给你。看你们郎才女貌比翼齐飞的样子，我为你欣慰，想你就此一生幸福了。

事与愿违，李家不能容你，无奈之中，你暂避道观，而李公子又背弃誓言，一去无踪。伤心至极，你痛心呼喊："易求无价宝，难得有情郎。"你伤心流泪悲痛欲绝，索性在道观挂起以诗会友的招牌，借花借酒借诗借歌纵情放欲。我知道，你不是世人谮言的生性放荡，你是在自戕自毁啊！你宣泄积郁在心中的一种情愫，这种情愫，只有我能懂得。放荡不羁，矫性无度，终致惹来杀身之祸，在芬芳年华凋零。

小薇，我知道，归根结底是我害了你，是我不敢面对你的一片真情才导致这一切。世人说我是自惭貌丑，才不敢对你示爱，还有

给良心打个补丁

说我懦弱,才不敢越师生之门。我生君未生,君生我已老。你正青春韶华,而我,已经老了,爱是高尚的,是纯洁的,爱,不是自己纵欲得到,爱而是为自己爱的人处心积虑。我漂泊难定,你在我的眼里,是一只金凤,我更愿你栖在更高的枝头,栖在更温暖的巢窠。不想,恰是我这份无私的爱害了你,害你走入不归路……

千万恨,恨极在天涯!

薇,如果有来生,我还做你的老师,如果有来世,更做你的爱人,我要等你一起出生,一起长大,手牵着手,我还叫温庭筠,你还叫鱼幼薇,我们一起写诗谈词,一起对坐品茗,看柳絮飞舞,看落樱满地,从青丝到华发……

乐　痴

王虎望着面前黑压压的人群,祭出撒手锏,他深吸一口气,鼓圆了腮,吹起了《百鸟朝凤》。

王虎吹得一手好唢呐。

王虎小时候放羊,春天里,赶着羊群走在堤坡,满坡新绿。随手一扭,就是一支柳笛。放在口中,就能吹出一只跌跌撞撞的曲子来,虽说野调,却也悠扬。后来,再大些,就迷上了吹唢呐,不知从哪里弄来一只唢呐,没事就吹,吹得老爹心烦,说,我死了你再吹行不?妈就说,去江边吹,那里人少。王虎无师自通地能吹好多首曲子后,非要跟了戏班子走。那是下九流啊,能当营生?他妈把菜刀放在自己脖子上,才拦下他。

第四辑　长生不老丹

王虎成亲的当晚，年轻的伙伴们来闹新房，按常规是要熬到深夜，还要新人端茶递烟说尽好话才会走，可今天他们没坐屁大的功夫就起身告辞。王虎问，不再多坐会儿？伙伴们说，不坐了，改天再来，不是新沟镇来了戏班子，不然今天能放过你？王虎忙打听是哪里的戏班子。伙伴们故意逗他，特别把戏班子里的唢呐手吹了个神乎其神。王虎说，没那么好吧？伙伴们说，汉口来的，再差能差到哪儿去？

王虎的心一下活了，望一眼坐在床边蒙着盖头的新娘，还是咕咚咚跑了出去。等父母发现，从十里开外的戏台下把王虎揪回来，已是子夜时分。新娘在里面插了门，嘤嘤地哭，谁喊也不开。屋檐下，王虎两只手翻飞，做吹唢呐状，一直比画到天亮。

王虎当泥瓦匠，上高了头晕；王虎去当木匠，刨子却总推不平；王虎把所有的积蓄买了300只母鸡，鸡刚下蛋，一场鸡瘟死个干净。王虎实在没有一个好营生。高兴的时候，王虎喜欢吹唢呐，心里郁闷了，也会来上一段。埋掉了瘟鸡，王虎站在江堤上，呜呜咽咽地吹了半天，吸引得几个路人围拢来。原来这几位是民间吹鼓手，专给红白喜事奏乐的响器班子，要请他入伙。王虎抚摸着唢呐想，每天既能过了瘾，还有可观的收入，干！

王虎就成了吹鼓手，虽半路出家，却一丝不苟。白天吹了一天，晚上到家还要练习新曲子。王虎的名声很快就响遍方圆几十里，冲着王虎唢呐吹得好，远近的红白喜事都会点他们的班子。

王虎的爹去世了，出殡那天，响器班子来义务捧场。披麻戴孝的王虎感激地一个劲磕头。接待完吊孝的人们，稍微闲下来的王虎听着同事们的演出，细咂摸，总觉年轻的唢呐手吹的不对味，有气无力的，一点不洪亮，还接连吹出好几个破音。王虎忍了忍，谁知

给良心打个补丁

唢呐手又接连吹错了几个音。王虎再也忍不住，腾地站起来，走出灵棚。一串高亢嘹亮的声音飘荡上空，这声音像磁铁，把远远近近的人们一下都吸了过来，只见头戴重孝的王虎时而昂头，时而俯首，脑后的孝布随着他的摆动，在空中翩舞，刚才还五音不全的唢呐，在他手中立刻成了直冲云霄的百灵鸟。不过，他的一曲还没吹完，他三叔拿了鸭蛋粗的木棍劈头砸来。

吹鼓手的生活每天除去吹拉弹奏，就是泡在酒肉里，再吝啬的人家出了请吹鼓手的大事，也不再吝啬。饱吹饿唱，五十大几的王虎胖成了一口水缸，总觉头晕心慌，吹出来的唢呐声更浑厚和动听。这天要去邻村吹奏，早上起来却晕得两只脚打别。老婆说你别去了。王虎说，说好的，哪能不诚信？再说我不去唢呐就不响亮。老婆说，那你省着点力气吹。

出殡的这家是殷实人家，也讲孝道，除了王虎他们，另外还请了一班子。两班子人都认识，虽不至于像老话说的同行是冤家，但相互之间绝对没有好感。

吹奏刚开始，两班子人就铆上了劲，一为面子，二争名誉。主家这时候还嫌不热闹，两边的桌子上各放了十块大洋，算是加赏。于是，两边的比试立刻升了级：那边吹个《一江风》，这边吹个《月牙五更》，这边吹个《小寡妇上坟》，那边吹个《秦雪梅吊孝》，那边来个《夜祭》，这边又吹个《送亲人》，吹完悲曲吹喜曲，好在逝去的是位八旬老者，喜丧，主家只图热闹。看热闹的人们，潮水似的，一会儿涌向这边，一会儿涌向那边，哪边稍微出点儿花活，就立刻起哄似地涌过去，另一边面前立刻就稀稀落落地冷了场。王虎毕竟是王虎，虽说早上晕着出来，吃饭时喝了半碗酒，唢呐一拿，人立刻就像打了鸡血。他从来都是人来疯，只要面前听众多，他就

194

第四辑　长生不老丹

卖力地吹，耍着花活吹，他不但用嘴吹，还能用鼻子吹，偶尔也用耳朵吹。七窍是相通的，只要功力到气运足，都能吹得响。

马上要抬棺下葬了，吹奏就要结束。这时，王虎望着面前黑压压的人群，祭出撒手锏，他深吸一口气，鼓圆了腮，吹起了《百鸟朝凤》，他用唢呐惟妙惟肖地模仿着百种鸟的叫声，模仿着凤凰的长鸣。到最后，越吹声音越高，越吹声音越亮，他已经控制不住自己，就像春天来了百花必开一样，不需要理由。

一曲吹罢，万籁俱寂。好一会儿，才响起一片排山倒海般的掌声和叫好声。王虎笑着朝大家招招手，往下一坐，却从座位上滑下，软在地上。

用今天的医学常识看，王虎是脑溢血了。

鸿　儒

张之洞又是大笑，告诉他们，你通晓古今，学贯中西，会9国的语言，有13个博士的头衔！

花白胡须的刘大用在巨龙岗是远近闻名的鸿儒，每当有人喊他先生或尊称鸿儒时，他总是连连摆手：我不是我不是，辜鸿铭先生才是，他老人家是真正的鸿儒！

年轻时的刘大用身强体壮却胸无点墨，因模样俊朗从新兵营被挑选出来，在总督府专门伺候洋文案，倒个茶，跑个腿儿的。"洋文案"是张之洞给辜鸿铭的官职，拿今天的话说，就是外文秘书。虽然中外书籍堆积如山，虽然每日见辜先生泛舟书海，刘大用却丝毫没有

给良心打个补丁

阅读和学习的兴趣。

光绪十七年春,总督府迎来了尊贵的洋客人,辜鸿铭陪同接待,刘大用也跟在辜先生后面目睹了这一盛况。

汉口码头上新修起了两座西式牌楼,四周扎起各种鲜艳的彩旗,中央高悬俄国国旗,四周悬挂英美德法等国国旗。当一艘俄国"符纳迪沃斯克"号海轮由远而近时,湖广总督张之洞亲率9艘轮船去江内迎接,俄国皇太子尼古拉．亚历山德罗和他的好友希腊王子乔治来了。

鼓乐声响,礼炮齐鸣,洋客人款步走上岸来。只见金发碧眼的俄国皇太子头戴白冠,上缀鸟羽,身穿绣金红衣外罩,湖色灰鼠大衣,跟着后面的,是希腊王子,两个人年龄均在20岁左右。俄皇太子一行上岸后,坐上专门为他们准备的黄缎金顶轿,直奔晴川阁。

湖广总督张之洞早已等候那里,张之洞用西洋礼仪,与客人握手,随后携手而入。辜鸿铭作为翻译,左右相随,刘大用等侍卫紧随其后。晴川阁上,摆好了丰盛的筵席,张之洞举杯致辞:欢迎尊贵的俄国皇太子殿下!等辜鸿铭把这句话翻译成俄文时,俄皇太子微笑着站起身来,拱手相谢。开筵了,辜鸿铭先生用俄语为客人介绍桌上的菜肴:这是熊掌,这是燕窝,这是鳊鱼,这是鲟鱼……俄国皇太子一边听,一边品尝,一会儿拿着刀叉,一会儿又举起筷子,连连点头,赞不绝口。张之洞再次起身,举起手中的酒杯说,祝福俄皇康泰,祝福太子旅途一路顺风!辜鸿铭随即翻译,俄皇太子再次向张总督拱手用俄语致谢,辜鸿铭翻译道,祝中国皇帝、张总督福寿康宁!

几杯酒下肚,希腊王子白皙的脸上泛起红来。俄皇太子见了,瞟了旁边的辜鸿铭一眼,改用法语说,你醉了?希腊王子也用法语

第四辑　长生不老丹

回答，放心，我没醉。皇太子点点头，那我就放心了。希腊王子说，看那熊掌，怎么黑乎乎的啊？嗯，是的呢，还有那个什么鱼，不会不卫生吧？皇太子边点头，边回应着希腊王子。

他们刚刚说完，只见坐在一旁的辜鸿铭笑了，用法语对他们说道，请两位殿下放心，这些菜肴既新鲜又干净，只是做法上跟贵国厨师有所不同，还望你们放心地食用。

他还懂法语？两位客人惊讶地对望了一下。

酒宴快结束时，张之洞已感疲倦，是啊，从大清早一直到午后，都在恭候着客人的到来。张总督打个哈欠，从袖笼里掏出只景泰蓝的鼻烟壶来，放在鼻子前吸了吸。希腊王子没有见过，不知总督手里拿的何物，情不自禁地用母语好奇地问俄皇太子，这是什么呀？皇太子两肩一耸，把手摊开。辜鸿铭立即用希腊语和希腊王子说，这是鼻烟壶。又翻译给张之洞听，张之洞哈哈一笑，把鼻烟壶递过来。辜鸿铭用希腊语详细地告诉王子，这是做什么用的，怎样的使用方法。

希腊王子看看俄国皇太子，俄国太子看看希腊王子，两个人又一起看看辜鸿铭，太不可思议了，一个拖着小辫子的东方人竟然能够同时操几国语言流利地和他们对话！希腊王子问辜鸿铭，阁下，您竟然会3国外国语言？辜鸿铭微微一笑说，说得不好，望您鉴谅。希腊王子忙说，非常好，您说得非常好。您还会其他语言吗？辜鸿铭平静地点点头。

俄国皇太子和希腊王子顿时惊得目瞪口呆。

张之洞问辜鸿铭，你们在说什么？辜鸿铭翻译了，张之洞又是大笑，告诉他们，你通晓古今，学贯中西，会9国的语言，有13个博士的头衔！

给良心打个补丁

俄皇太子离开武汉时,紧紧拉住辜鸿铭的手,将一块刻有皇冠的金表赠予他,郑重邀请他一定去俄罗斯游历!

客人走后,刘大用和辜鸿铭说,大人,您真是文曲星转世,不然不会有这么高深的学问。

辜鸿铭摇摇头,笑着说,读书,多读书,读前人的书为今人用,读洋人的书为我国用。

刘大用再不虚度光阴,闲歇下来手不释卷,不懂的就请教辜先生,慢慢地,他也会了3国语言,擢升为总督府的师爷。

"年轻人,你们要多读书,读书就是和先贤对话!"据刘氏后人说,这是老年刘大用经常挂在嘴上的一句话。

关二爷

关二爷人长得秀美端庄不说,还透出一股豪气,她的美鹤立鸡群无与伦比,是不同于常人俗见的脂粉之美。

都说孙家娶来的不是媳妇,是爷。

孙家在茅庙是数一数二的富户。孙公子在汉口读的洋学,娶来新派女子是顺理成章的事。

孙公子成亲,是轰动茅庙远近的一件大事。铁蛋那时还是孩子,跑前跑后看热闹。提前几天,亲朋好友远亲近邻都到了场,喜棚从孙家门口一侧搭出去,足足搭出一里远,喜棚内是流水席,不论时间,不论亲疏,往那一坐,随吃随走。铁蛋家虽穷,却是最近的本家,铁蛋那几日吃得每天往厕所跑几次。

第四辑 长生不老丹

成亲的日子到了,在人们翘首期待中,送亲队伍终于出现。前面锣鼓唢呐开道,后面是二十几辆拉着大红陪嫁的车紧紧跟随,再后面应该是花轿了,却没有,而是四个国民党骑兵,护卫着一匹枣红马,马上端坐一位头戴礼帽身着雪白西装的青年才俊。新娘呢?大伙都以为花轿落在了后面,不约而同地朝送亲队伍后面张望,却没丁点儿花轿的影子。队伍到了孙家门前,青年跳下马来,人们才恍然,原来马上端坐的,就是新娘子。

谁家新娘扮成男人啊,谁家新娘穿白色衣服啊?这件事一下子传遍方圆十里,都知道孙家公子娶了位爷回来。新娘姓关,是汉口一个国民政府官员的二小姐,人们背后称她关二爷。

关二爷人长得秀美端庄不说,还透出一股豪气,她的美鹤立鸡群无与伦比,是不同于常人俗见的脂粉之美。当时附近的人们以见到过关二爷为荣。新婚燕尔,小夫妻在房间里恩爱,门外街心巷口却站满了欲一睹芳容的闲人。有时站上一整天,也不见二爷出门。铁蛋是见过关二爷的,铁蛋的头还被关二爷细软的手摸过,还问他叫什么名字。铁蛋儿先怯怯地叫了声"嫂子",才说了名字,关二爷就记住了。

关二爷进门不到一年,公公婆婆相继辞世。人们就说,看,这都是成亲穿白衣服造成的,妨死了公婆,别看人俊,其实是丧门星。听的人就反驳:孙家老夫妻一个是多年的痨病,一个风瘫卧床,每天吸溜半管子气儿,这能算在媳妇身上?

守孝在家,关二爷不穿雪白的西服了,整日里墨黑的绢纱素裙,闲来无事,把丫鬟仆人聚在一起,打起麻将。二爷手气极好,赢的下人们谁都不愿意陪她玩,尽管桌子上流通的都是二爷掏出的钱,输的却是自己的心情啊。

给良心打个补丁

关二爷上了瘾，就去外面赌。去哪里？先去茅庙集上的茶馆。不想两天过去，没了对手。一是二爷赢多输少，二是与二爷同桌打过几圈牌的汉子们，回到家里，就被老婆紧紧地关住，再不放出来。

二爷就骑了枣红马，去几十里外的新沟镇赌。

二爷恢复了西装礼帽的行头，带上一个仆人，仆人挑着一副空篓，早上出去，晚上回来，前后已是满满的两篓银圆。进了茅庙集，见到老人孩子，西装下双乳微颤的二爷会拣出几块银圆，叮当地散出去。每个傍晚，等候二爷归来的老人孩子，成了茅庙一道特殊的风景。铁蛋儿一共得到过五块银圆，拿回家，都被妈妈宝贝似的收了去。

终于有一天，二爷的篓子空着回来了。第二天，几个仆人跟随二爷出去，每人挑着一担把扁担压弯的银圆。第三天，同样是这样。

二爷开始卖地了，卖地的银圆装进篓里，一担一担地挑出去。赌是无底洞，孙家的几顷良田顷刻付之东流。

二爷的手气再没好起来，变卖完田地后，又开始变卖房产，一所大宅院也易了主人，仅留下安身的三间草房，变成的白花花银圆，被讨上门来的十几个汉子悉数挑去。如此的败家大手笔，邻里们也没听到孙公子和二爷争吵，倒是看见孙公子傍晚时分还去了小酒馆，用食盒拎了四样菜，一溜香味儿地提回家，摆在院中的小桌上，和二爷月下对酌。

唉，这么美的女人，怎么是个败家娘们儿呢？

没过几天，两个人都不见了。有人说他们去了汉口躲债，有人说他们出外谋生。后来，还有人说，在陕西的延安看到了穿灰布军装的他们。不过，整个茅庙集甚至柏泉镇，再有给孩子定亲的，大人先问，女伢漂不漂亮？漂亮的俺家可不敢娶，怕像孙家！

第四辑　长生不老丹

关二爷和孙公子再没回过茅庙，茅庙也渐渐忘记了她们。铁蛋却时常想起关二爷细软的手，想起那手递给他的叮当响的银圆。

时光到了二十世纪六十年代末，茅庙来了一男一女，找到已经是大队书记的老铁蛋，亮明身份后，从随身的绿挎包里掏出两只骨灰盒，要求葬在孙家祖茔。一脸核桃纹的铁蛋不屑地瞥了半眼骨灰盒，长叹一声：你妈把你家祖上那么大的家底儿都给败了。来的男女异口同声说，不是那样的，我母亲是以赌博为借口，变卖家产暗中资助了共产党和游击队，她是革命的，我父亲也是。

哦？这么说，他们真是去了延安，那他们是为革命牺牲的？

男的眼里噙满泪水：他……他们，当年为革命散尽了家产，为革命出生入死，前几日却突然被打成混进革命队伍的特务，说他们变卖家产是为了换取组织的信任，他们不堪身心侮辱，就……您给找两把铁锹就行，我和妹妹悄悄把他们埋在祖坟吧。

铁蛋听完，呆愣半晌，把两只骨灰盒整齐地摆列八仙桌上，后退一步，深深地鞠了三躬，说：我召集全体族人，给他们出大殡！

红　唇

突然，斜刺里冲过来一个酒气熏熏的日本浪人，一把抱住小青纤细的腰肢舌头僵硬地说，美人，陪我跳舞。边说，边飞快地强吻小青的脸，强吻小青的唇。

小青绝对是受了刺激，每晚听着从新民乐园歌舞厅隐约传来的音乐，把樱桃小口涂抹成妖冶的红。

给良心打个补丁

汪海看在眼里，急在心上，和小青商量，我把你送回慈惠墩吧。

小青摇摇头。慈惠墩是小青老家。

汪海急得眼泪差点流出来：那你现在怎么办？

小青面着窗，背对着汪海。听汪海这样问，缓缓地回转头来，给汪海一个暧昧的笑，一个字一个字地说，我要去——新——民——乐——园！

汪海说，你真是受了刺激，走，我送你回家。

小青说，我不要你管。

汪海说，妹，师傅没有了，我就是你的亲哥。

我不是孩子了，你管好自己就行了，我不劳你费心。

汪海说，我把你送回家后，我也离开汉口。

小青语气平和下来，说，你走你的，我会照顾好自己。

汪海说，你一个女孩子在大汉口这么乱的地方，有个三长两短，我对不起师傅。

小青笑了一下，你师傅一个大男人，不也没照顾好自己嘛。

汪海一字一顿地说，师傅是不想当汉奸、不想当亡国奴。

师傅遭遇的不测，源于新来的汉口市市长。新市长叫张仁蠡，是清末两广总督张之洞的第13个儿子。张仁蠡上任的第一件事就是向日本人表忠心，别出心裁地把汉口地标性建筑江汉关上的大钟调快，调成日本东京的时区。谁知没出两天，大钟瘫痪停摆。上司威逼着赶快修钟，修好后，指针指的是东京时间，钟声却是乱响一通。上司忙让停下来再修，终于修好了，钟声和指针不一，敲出来的是中国时间。张仁蠡恼羞成怒，吩咐手下彻底严查，负责大钟日常养护的师傅被投进监狱，折磨致死。这师傅就是小青的父亲。

找张仁蠡报仇！可张仁蠡是好接近的？白天在戒备森严的市政

第四辑　长生不老丹

府里，只有晚上，才会出来寻欢作乐。小青先是以泪洗面，后又出奇地冷静，再后来，就花枝招展的，特别是嘴唇，每天涂抹得红艳艳的。十六七岁的女孩儿脸红得像玫瑰花，还要再涂胭脂吗？况且在这种时候！亏得她能有这份心情。

汪海说，我真的要走了，我要去当兵，去打日本人，走之前，我要先把你安顿好。

我挺好的，你照顾好自己就行了。

汪海摇摇头，真不知道你怎么想的。

小青笑了，笑得花枝乱颤，早跟你说了，我去新民乐园！

汪海看看小青，你是想，想？

小青笑而不语。

汪海说，别做傻事，太冒险了，那里戒备森严，连一根铁都带不进，你怎么报仇啊。汪海也耳闻张仁蠡总去新民乐园偷着抽大烟，然后搂美女跳舞。

小青说，是的，我都知道，所以，我……

小青撅起如花的红唇。

汪海叹口气：既然我拗不过你，那你保重自己吧。

哥！小青抱住汪海：无论什么时候，无论走到哪里，咱们都不能忘记给我爹报仇。

小青透过窗子望着汪海的背影，边挪动舞步，火般红艳的嘴唇边吻向掌心的一只小白鼠。小白鼠突然四肢抽搐起来。

三年过去，小青望着脚边瞬间无声无息倒下去的大黄狗，露出笑意。

清纯美丽的舞女小青推开了新民乐园歌舞厅，处子初秀，惊艳四座。

203

给良心打个补丁

第一天，小青虽然舞遍全场，张仁蠡却没有出现。

第二天，一双目光紧紧地盯住舞成玫瑰花似的小青，却没有任何举动。

第三天，小青的唇涂得更红更艳，让人垂涎欲滴。不过今天小青感到头晕目眩，她在唇上涂了从没有过的超大剂量。一曲舞罢，霓虹闪动中，小青发现，张仁蠡正一步一步朝她走来。小青强打精神，她已经看清楚张仁蠡色眯眯的眼神了，小青的心狂跳起来，全身无力的她微笑着望向来者。还有十几步的距离，张仁蠡就会握住她的手，搂住她的腰了。小青暗暗提醒自己要冷静，要稳妥地实现她潜心几年的计划。五步，四步，三步……突然，斜刺里冲过来一个酒气熏熏的日本浪人，一把抱住小青纤细的腰肢舌头僵硬地说，美人，陪我跳舞。边说，边飞快地强吻小青的脸，强吻小青的唇。

小青挣扎着，日本浪人蹒跚着脚步，边跳边唱，突然一下，仰面倒地。

舞厅一片大乱。

混乱中，小青四下寻找，张仁蠡已经不见了踪影。

小青踉跄着，朝刚才张仁蠡来的方向追去……"啪啪"，两颗子弹迎面飞来。

中华人民共和国后，张仁蠡以汉奸罪被人民政府处决，军管干部汪海亲眼看见了这一切。

204

第四辑　长生不老丹

油　饼

我听这个故事时，才十岁，当时汗毛眼一乍一乍的。如今我给十岁的儿子讲，他却边听边说，假的，假的，人哪能这么坏？

素日里这户人家清净的很，男的在邻县县衙里当差，几个月不回来一次。儿子在镇里的私塾读书，清早去晚上归。平时家里只有她和婆婆。她每天从东家串到西家，婆婆呢，不是缝鞋做袜，要么去地里捡柴火。农闲了，镇上又请了戏班子来，要连唱十天大戏，方圆十里八村的人潮水般涌到镇上去看，窄一点的路都会被人流堵塞。

第一天，她去了，婆婆在家。看了回来，她微笑着跟婆婆说，明天你去看戏吧。

婆婆一愣，立刻满脸的皱褶笑得堆在一起：还是你去吧。

"唱得好哩，你去！"不等婆婆回话，她转身去弄别的，不给婆婆插话的机会。

其实，婆婆非常想去，婆婆是戏迷。既然儿媳妇愿意让她去，就去吧。难得儿媳有个好脸色，自从上个月儿媳和花泼皮裸着身子搂抱一起被她撞见，儿媳还没和她正面说过话。

第二天一大早，媳妇就起来，抱柴烧火，做了一个金黄黄的大油饼。饼做好了，拿块掭布包了，递给婆婆说，不用等晌午，趁热乎吃就是了。

好好，婆婆笑呵呵地接了，重新包裹好，夹在胳肢窝里，边走

给良心打个补丁

边寻思，媳妇变化的好大呢，忽然就变好了呢，说书唱戏感化人，才听了一天戏，八成是戏文里有好的教导？

一天的时间好长啊。她没心思做家务，却还是仔细地一个个洗刷了碗，却把婆婆的碗筷单独地拿出来，没有洗。她扫了地，特意把婆婆的房间仔细地打扫了，又把婆婆的被褥重新折叠整齐。从村子到镇上八九里路，婆婆这时该到戏台前了吧？边想，边把院子的每个角落打扫干净，如果有人走进院来，准会在心里说她是个勤快的人。

仰头看看，日头到了头顶上，她也没觉出饿。婆婆该吃完了油饼吧？她心绪烦乱地想，如果不是婆婆撞见自己的好事，她绝对不会给婆婆烙油饼。这些天婆婆虽然没说什么，越是不说越会积攒一肚子的话，等她儿子回来全盘倒出的。罢了，不想了，本村去看戏的人不少，别人一定会认出那是她的婆婆。

过了晌的日头小跑着向西滑去，她等待着随时有人推门进来，她周密地想着怎样应对将会发生的一切，甚至准备好了满满两眼窝的泪水，等着进门来的人说完"你婆婆……"她就泪如泉涌！

门这时一响，她慌忙从窗子望去，心怦怦地跳起来。

门开了半扇，进来了人，竟然是婆婆。婆婆嘴上还美滋滋地哼唱着戏文。

她很诧异，忙去到院里问，你怎么回来了？

婆婆说，我一看过晌了，怕你一个人在家闷，不等戏完，就回来了。

那油饼你没吃？

哎呀，那么香的油饼，我哪里舍得吃，我要给我宝贝孙子送去，让他吃。

啊？她大惊失色：你是说，是建良吃了油饼？建良是他儿子的名字。

可是，我走到私塾门口时，油饼不见了。唉，你一大早的心血白费了，看戏的人太多，给挤丢了。婆婆一脸的沮丧。

哦。她长吁一口气，拍拍心口窝说，吓死我了，丢就丢了吧，明天再做新的。

婆婆还是心疼地说，那得一碗多白面，几两油呢，不知会便宜了谁。

她担心地问，不会有人看见是你丢的吧？

婆婆说，我都不知啥时候丢的，拣的未必能知道是我丢的，还送了来？

那就好，咱也不跟谁说丢了油饼，免得遭人笑话咱穷命，连个油饼都吃不到嘴。

这时，门哗啦一下再被推开，一个人风风火火地闯进来。

"秀妹，秀妹！"来人急火火地喊她。

她说，哥，啥事啊？看你急的。

来人是她娘家远房二哥。

妹，俺婶子……她……不行了……

什么病……这么快啊？俺妈前几天不是还好好的？

本来好好的，今天一大早还乐呵呵去镇上看戏，有人看见她晌午头拣个小布包，打开是个喷香的油饼，她三口两口吃了，不想，还没走到家，就……

"妈呀，我的妈呀——"她大叫一声，昏厥倒地。

我听这个故事时，才十岁，当时汗毛眼一乍一乍的。奶奶说，这是她小时候听的故事。如今我给十岁的儿子讲，他却边听边说，假的，假的，人哪能这么坏？

棋　痴

　　跪着的小老马临起来时轻声地问莹莹，做不成夫妻，今后还可以一起下棋吗？莹莹的泪水一下子满了眼窝：你这个棋痴呀！

　　老马落户湖乡，纯属偶然。

　　老马本是羽扇纶巾的富家子弟，年轻时遍游祖国大好河山。途经汉水登岸充饥时，见村人对弈，顿时忘记了饥饿。棋主是一中年男子，前来对弈者皆大败而去。小老马对象棋天生痴迷，看了半晌，拨开众人，坐到了棋盘前。一阵棋子乒乓作响，小老马连赢三盘。中年男子擦下额头说，下这半天，头昏眼花，我休息下。转身喊：莹——莹——！

　　一红衣妙龄女子出现了，明眸皓齿，发辫黑亮。莹莹坐到棋盘对面，对他浅笑下，说声先请。一股清香入鼻，小老马立刻心慌意乱，一边排兵布阵，一边看垂髻飘摇。三盘过去，小老马皆输。小老马还要继续，莹莹莞尔一笑，明天吧，我要去喂蚕了。

　　小老马如鲠在喉，第二天早早赶来。等莹莹采桑喂蚕做饭擦地把家务活都忙完了，日头已过正午。而对弈的结果却依旧是小老马又输掉三盘。第三天，央求着莹莹下了五盘，小老马也没有赢到一盘。

　　小老马说，我拜你为师吧。莹莹说，岂敢，我还没你大呢。

　　论的是道行，不论年纪，你就是我师傅了。

　　别瞎喊，我下棋纯粹好玩，从没当真过。

第四辑　长生不老丹

小老马可是认真，问，你跟谁学的？

和我父亲。

那怎么我能赢他不能赢你呢，你经常看谁的棋谱？

棋谱？莹莹迷惑地摇摇头。

下这么好的棋，没读过棋谱？要不，我收你做徒弟，教你学棋谱。

莹莹斜他一眼，当我师傅？就你？

赢她几盘再回家。这样想着，小老马在汉水边住下来，谁也没想到，一住就是一生的光阴。有时别人会问，你这么高的棋艺，真不能赢她？小老马说，真的不能，我一看她，就六神无主了呢。问的就笑笑，不再说话。

这期间家里派人找来，要他回去成亲。小老马说，退了吧，赢不了棋，三年五载不会回去。后来他爹亲自找来，说，回家！小老马依旧摇头。他爹气急了，往小老马脸上呼了两巴掌。小老马笑道，打得好，情分断了！他爹说，断吧，看你花完钱，还是不是我儿子？

真像他爹说的那样，小老马的钱很快就花光了。小老马来到莹莹家，双膝下跪，我来当上门女婿吧。莹莹的父亲慌忙搀扶，为难地说，你是好孩子，可莹莹是许配了人家的，不过……看她自己的意思，如果她愿意，我就去退了。小老马热辣辣地望着莹莹。莹莹很快镇定下来，说，我不愿意。小老马说，为什么？咱俩谈得来，也有共同爱好。莹莹说，你是公子哥，咱俩不是一类人。再说下棋是闲趣，能当吃当喝？小老马说，我家里富足，好比有金山银山。莹莹摇摇头，我不会去当无根浮萍，跟你远走他乡。

跪着的小老马临起来时轻声地问莹莹，做不成夫妻，今后还可以一起下棋吗？莹莹的泪水一下子满了眼窝：你这个棋痴呀！

给良心打个补丁

媒人送来嫁娶帖，成亲在即。莹莹向婆家要了个条件：今后会有个棋友经常一起下棋，男的，同意就成亲，不同意就散！婆家仔细打听了，就捎话来：下吧下吧，手碰了手没事，心别碰了心就行。

莹莹坐上花轿走了，临走对小老马说，今后咱俩一年下一次，一次下三盘。下棋是玩儿，当不得真，你可别把一生耽误了。小老马也说，那户人家若对你不好，就回来，我等着你！

时光荏苒，莹莹生儿育女，家庭和睦。小老马也成了老马，这中间筑屋耕田，娶妻生子，再苦再累，从没放弃过下棋。方圆十里，和他过手的都会输给他，但每年和莹莹的三盘棋，依然没赢过。

老马病了，病入膏肓。满头银发脸色灰黄的莹莹闻讯后，来到老马床头，凝视半晌：怎么就病了呢？

老马转过眼珠看她，眼睛里一片安静。

小病小灾，一定会好的。还能下一盘不？我先出子了：炮二平五。

老马的眼睛突然像注满了油的枯灯，瞬间有了光芒，他微微欠了欠身子，嘴唇动了动。但莹莹听清楚了：马八进二。

出乎意外，老马竟破天荒地赢了。莹莹说，你休息，我走了。老马摇摇头，坚持着要继续。

第二盘战罢，平棋。老马眼里跳动出灼人的火苗，莹莹的脸也红润起来。

第三盘双方直杀得天昏地暗，炮毁马喑。最后，老马长吁一口气，面露笑容。涨红了脸的莹莹愣了半晌，说，再来一盘？

老马摇摇头。

莹莹说，那你先歇会儿，歇过来再下。

老马依然摇摇头，声音很小地说，老规矩，只下三盘的。

莹莹的脸由红变绛，给老马掖好被角，缓缓地起身回家，刚出门口，"哇"地喷出一口鲜血。

第二天，老马竟能坐起来，摇摇头，冷冷地一笑：你赢了我一辈子，我才是头回赢，总口口声声说下棋是玩儿，可还当什么真？真是的！

药三娘

一顶花轿把将养得唇红齿白婀娜丰腴的女子抬进门来，成了药三娘。娇妻以身谢恩，等于给药三爷的医术做了活广告，来找药三爷求医问药的更多了。

药三爷是好郎中，方圆五十里妇孺皆知。

药三爷奇丑，年过三十，还没讨到老婆。

医药世家的药三爷从小定过一门亲，那定了亲的女子长到情窦初开的年龄，怀着激动的心情夹在看病的人群中，看了一眼站在郎中父亲身后的药三爷，回去几日茶饭不思，以死相逼，让父母退了亲事。药三爷的丑陋可见一斑。

光阴荏苒，年已而立的药三爷对婚姻心灰意冷，要将一生献给医学事业时，来了个眉心红痣奇俊无比的黄花闺女。

一年前，药三爷出诊路过苦水坞，见众人从水里救上一轻生女子，此女十八九岁，模样俊秀却肚大如鼓。此女家人以为她做下苟且之事，就逼她服打胎药，验方用尽，肚子却更大，人更羸弱，万般无奈，女子想一了此生。药三爷上前把脉，又看了眼睑舌苔，沉吟半晌才问，她去过南方？村人说，她跟随做丝绸生意的父亲去过湖广。药三爷说，

给良心打个补丁

那就是了,她这不是怀孕,是水蛊。

水蛊,在今天叫作血吸虫病,长江、汉水一带常见。女子患水蛊的消息传出去,附近的乡医都说,这病在江南也是难症,怕是吃下金山换来的药也难医活。说得女子一家心灰意冷,拒医等死。药三爷叹口气说,药费全免,医不活别让我偿命就行。北方无此病症,药三爷凭了医书验方亲煎亲尝草药后,才让女子服下。一年过去,女子的病竟然好了,不管药三爷是否同意,女子非要嫁给药三爷。

面对美女,药三爷相形见绌,说,我这耗子精转世的模样,怕是委屈你一生呢。女子说,命是你救的,人自然是你的。

一顶花轿把将养得齿白唇红婀娜丰腴的女子抬进门来,成了药三娘。

娇妻以身谢恩,等于给药三爷的医术做了活广告,来找药三爷求医问药的更多了。真要说到药三爷医术的高明,绝不是天生聪明,一是源自勤奋好学,从《黄帝内经》到《本草纲目》,他都能倒背如流;二是他不拘泥古法古方,给病人开不常用的方子,他都要亲尝汤汁,试出毒性和药理反应,做到有的放矢。

婚后的药三爷开始发福,而芙蓉花似的药三娘却又一日日憔悴起来。

民国五年,瘟疫横行,病者先是上吐下泻,后是四肢抽搐。霍乱!药三爷第一时间做出诊断,有来诊病的,药三爷按古方开药:黄连10克,黄芩12克,栀子12克,大豆黄卷12克,薏苡仁25克,法半夏9克,通草8克,蚕砂10克,木瓜12克,吴茱萸6克,甘草6克,水煎服。然而,病者拿回药去服用,并无好转。药三爷意识到事态严重,这次疫情跟以往不同,用今天的医学术语讲,就是这次的流行病毒

第四辑　长生不老丹

有了变异，再用以往的药方已经不能降服。情急之下，药三爷想请附近乡村的几个郎中一起会诊切磋，早日降服病魔。请柬还没发出，更坏的消息传来：周围村子的郎中已有数人染病身亡！

十里八乡一下炸了窝，面对疫情，人人自危。

药三爷一天一夜足不出户，把家藏医典古籍翻了一遍。药三爷决定在古人医方的基础上，广采众家之长，独创一方。药三爷熬制好了汤药，药三娘走进来，说，还是我来试药吧。

药三爷忙拦住，这几年来，我每制新方，都是你抢着试药，是药三分毒，穿肠如钢刀，还是我自己来吧。

药三娘说，你是郎中，这个关头，更不能有个好歹。

郎中不先舍了自己的命，怎么救别人的命？说完，药三爷端起药碗，一饮而尽。

不想此方用出去，依然收效甚微。街上不断传来有人病亡的消息。染了瘟疫的人，还没有医好的先例。药三爷再次研出一方，自言自语道，这回应该可以降服这个瘟魔了！方子放在桌上，却踌躇再三。三娘问，为何还不使用此方？三爷说，这次我加入了蜈蚣，想走以毒攻毒的药理。古方从没有过，我也无从下手，药量小了无济于事，药量大了又人命关天。时时刻刻都有人因疫故去，五方村只有150人，却已疫去了30多人，时间紧迫，难呐！

药三娘半日无语。傍晚时分，她悄悄地出去，去探望几户病人。疫情刚来时，药三爷就把院门关得紧紧的，不让她外出半步。

第二天，独居一室的三娘开始上吐下泻，她对三爷说，你把方子给我用吧，我也得了那病。

药三爷一惊，泪珠瞬间滚落。

药三爷调整着药方和剂量，三娘一碗一碗地喝下汤药。

213

给良心打个补丁

奇迹终于发生了，药三娘成了第一个病愈的人。

瘟疫终于在这块土地上被击退了。药三娘病虽好了，却因服药量过大，羸弱不堪，久卧病榻。任药三爷百般阻拦，获得重生的人们硬是要在子牙河畔，挨着龙王庙给药三爷建一座生祠，来感谢他的活命之恩。

生祠建好了，规模不大却香火旺盛，门上挂着"再生之恩"的匾额，进得门去，两边挂满各式的谢恩牌匾。香烟缭绕的神位上不见药三爷，却是一尊菩萨般的女像，那女像体态丰腴，面白唇红，眉心有痣。

墨　魁

只见此人微正衣冠，席地而坐，铺开一张生宣，挽起右腿裤管，脱掉鞋子，脚趾如钳，夹住一只狼毫，在砚池里饱蘸浓墨，一挥而就……

平舒城自古翰墨飘香，丹青流彩。不说文人雅士，就连杀猪的屠户都能提笔写一手好字，拿针的绣娘也能画活了蝶鸟鱼虫，可见此地艺术渊源深厚久远。

牛二洪是县衙皂隶，读过私塾，见赵知县素日喜欢写字，遂也生出临帖的念头。牛二洪提了一坛大城烧酒，几斤卤驴肉，去拜访县内首屈一指的书家严真。严真自幼酷爱书法，爱到一意孤行，亵慢了四书耽误下功名，在城内开了一家聚宝斋，以卖字装裱糊口。寒暄过后，牛二洪毕恭毕敬，一口一个老师地叫着，从怀里掏出

第四辑　长生不老丹

自己写的字，双手呈给严真指教。严真见有可圈点之处，不忍假话搪塞，就敞开心扉，一一评点，直说得牛二洪频频点头，抱拳拱手：多谢老师！严真说，互相切磋，不敢为师。牛二洪起身告辞时，严真一定要牛二洪提走烧酒驴肉。牛二洪说，承严老师启蒙，我茅塞顿开，这点东西何足挂齿？严真说，君子之交淡如水。牛二洪把酒坛往桌上重重一放，提来了怎好拿回，还是借贵府宝地你我痛饮！说着，砰地一下把酒坛开了封。严真也不好再说什么。推杯换盏，酒至酣处，严真又作深层指点。牛二洪说，严兄比我也大不了几岁，我愿与兄结金兰之好。严真连连摆手，金兰之好乃生死之交，你我仅凭半晚的谈帖论字就结拜，岂不草率？平时飞扬跋扈的牛二洪一听这话，眉间拧起了不容察觉的疙瘩。严真从书架上拿下两册古帖，送他拿回临摹。

牛二洪也算勤奋，缉捕办案之余，不是读帖，就是练字，再就是往聚宝斋跑，二人熟络了，牛二洪说话就大咧起来，严真见他日渐长进，也乐得一针见血地为他指点迷津。功夫不负有心人，几年过去，牛二洪在平舒城内名声大噪。赵知县惜才爱才，擢升他当了三班衙役的头儿。牛二洪练字更加勤奋，不管闲忙，每天都写一小坛水墨。常有新开张的小门店请他题写匾额，商户精明，字好是一方面，同时也能震慑地痞混混儿。

赵知县任满，又来了孙知县。不想孙知县更爱书法，他见平舒城内墨香浓郁，就决定每年在文庙举办一次书法大会，褒奖夺头魁者。第一年比赛结束，严真获得第一，牛二洪获得第九。

第二年比赛，牛二洪获得第三，第一名依然是严真。

牛二洪照例在翠芳园酒楼宴请评委。牛二洪边倒酒边说，承蒙各位关照，不过关照的还是不到位啊，才是第三。水酒下肚，有人

给良心打个补丁

借酒盖脸说，用不了多久您就会是全县第一了，不过眼下俺们也不能太昧良心，要说字好，还是严真，毕竟是几十年的功力，那才是神韵天成呐。

牛二洪邀严真小酌，酒至酣处，牛二洪说，严兄啊，你都几次第一了，啥时让我也过回第一的瘾？严真淡淡一笑，快了，你再练个十年应该可以。牛二洪哈哈大笑，老严啊，下次我就想得第一，到时候你得承让。严真说，涂鸦比赛如小儿游戏，谁伯谁仲一笑了之，让你无妨。只是一点，书法盛会虽是县内人士参加，却会吸引来邻州邻县的众多雅士观摩，如果夺头魁者水平太低，恐我县遭人贻笑。学无止境，兄台还是多在挥墨上下功夫吧。

时间不长，牛二洪接到甲保报案，严真家邻居被盗。牛二洪一听，喜上眉梢，安排手下火速办理，挨家盘查，果然就在严真院子角落发现一包细软，严真被押监收审。经过一天的审讯，从没受过皮肉之苦的严真承认是他见财起歹。牛二洪把卷宗呈到堂上，孙知县看完，疑惑地说，严真我见过的，手无缚鸡之力，还能翻墙盗洞？牛二洪说，人不可貌相，我也很难过，毕竟算是我老师。孙知县爱惜他是人才，有意从轻发落，便说，即使是他所为，也是贫困所迫一时财迷心窍。牛二洪一听这话，忙掏出几张纸递上：我们还从他书房内搜出了"万民请愿书"的草稿。孙知县一听，顿时勃然大怒。去年治内河道泛滥，孙知县按全县人丁数摊派治河银两，却遭到贫苦人家抵制，还有人到州府上书告状，说县衙横征暴敛，中饱私囊。孙知县接过请愿书看了看，愤愤地扔到地上。

一副夹棍，夹断了严真的双手。严真再不能拿笔。

转年，文庙的书法大会如期举行，书界人士齐聚一堂，唯独少了严真和去年的第二名。比赛开始，牛二洪并不急着动笔，待众人

第四辑 长生不老丹

停笔后,才在几个皂隶的陪伴下,先是屏气凝神,后又虚张声势地双手在胸前划了太极阴阳,这才睁了眼睛提毫蘸墨,下笔疾书。搁笔钤印,赢得一片聒噪。

牛二洪一脸得意,志在必得。

此时,会场又走进一人,全场顿时鸦雀无声。只见此人微正衣冠,席地而坐,铺开一张生宣,挽起右腿裤管,脱掉鞋子,脚趾如钳,夹住一只狼毫,在砚池里饱蘸浓墨,一挥而就,几个苍劲洒脱不急不火的大字如磁石般吸住众人眼球:人心足恃,天道好还。众人凝视许久,才一片哗然:好书法!

人们说,平舒城内有严真,别人的书法就永远不是第一。